ロマン・ロラン
渡辺淳 訳

ピエールとリュース

鉄筆文庫005

目次

ROMAIN ROLLAND

PIERRE
ET LUCE

ピエールとリュース

AMORI

Pacis Amor Deus
(Properce)

愛に

神は平和を愛す
——プロペルチウス

一九一八年一月三十日水曜日の晩から
同年三月二十九日聖金曜日にかけての物語

Durée du récit:
Du mercredi soir 30 janvier au Vendredi Saint 29 mars 1918.

版画とイラスト　ガブリエル・ブロ

BOIS DESSINÉS ET GRAVÉS PAR

GABRIEL BELOT

ピエールは、呑みこまれるようにして地下鉄に乗った。荒々しい、熱に浮かされた群衆。彼は入口のそばに立ったまま、幾重にも重なった人間の体に押しつけられ、彼らの息でむんむんする空気を吸いながら、その上に電車のヘッドライトの光が滑っていく、轟々《ごうごう》と響く、暗く迫《せ》り上がったトンネルを、見るともなしに眺めていた。彼の心のなかでも、同じような光と闇とが冷たくわなないていた。外套《がいとう》の襟《えり》を立てて息を殺し、両腕をぴったりと体にくっつけ、口を結び、額に汗《あせ》をにじませ、時々、昇降口の扉が開くと外から吹きこんでくる風にぞっとしながら、彼は見まい、呼吸すまい、考えまい、生きまいとつとめていた。ほとんどまだ子供だった、十八歳のこの青年の心は漠然とした絶望でいっぱいだった。彼の頭上、このトンネルの闇、そのなかで人間の蛆《うじ》がうごめく金属の怪物が走っている、この鼠穴《そけつ》の上方には、——パリが、雪が、一月の寒い夜が、生と死の悪夢が、——戦争があった。

戦争。それが腰をすえてから四年になっていた。それは彼の青春に重くのしかかっていた。年頃の青年が、官能の眼醒《めざ》めに不安を覚え、自分では生きたいと願いもしなかったのに、自分を捉《とら》えて放さない人生の、盲目的《もうもくてき》な、圧しつぶすような、野獣的な力を見出してはっとする、あの精神的危機のさなかに、戦争は彼を不意に襲ったのだった。そして、その青年がピエールのように、デリケートな性質で、やさしい心と、か弱い体の持ち主だとすると、彼は、自分の産んだばかりの仔《こ》を食べてしまう牝豚《めすぶた》にも似た、多産で、貪欲《どんよく》な自然の、こうした乱暴さ、醜《みにく》さ、無意味さにたいして、人には打ち明けられないような嫌悪《けんお》と恐怖とを感ずるものだ。——十六から十八くらいの青年は、誰でも多少はハムレットの魂をもっている。だから、そういった青年に戦争を理解しろと要求してはならない！　(思想の固まった大人たちにならいいが！)　彼らは、人生を理解し、その悪を赦《ゆる》すだけで精いっぱいなのだ。普通なら彼らは、大人というものに成りきり、蛹《さなぎ》から成虫への苦しい過程を辿《たど》り終えてしまうまでは、夢と芸術のなかにひそんでいるものなのだから。生命が成熟していく、あの混沌《こんとん》とした四月の日々には、平和と沈潜とがどれほど彼らには必要なことだろう！ところが、大人たちは、隠れ家の奥まで彼らを探しに来て、真新しい皮膚に包まれて傷つきやすい彼らを、暗がりから引っぱり出し、荒々しい空気に当て、無情な人類のなかへ投げこむ。そして、彼らはその場ですぐ、人類の狂気と憎《ぞう》悪《お》とに、わけもわからずにかかりあい、わけもわからずにその償《つぐな》いをしなければならないのだ。

ピエールは、同じ年度の徴兵適齢者たち、十八歳の青年たちといっしょに召集をうけていた。六か月後には、祖国が彼の肉体を必要としていた。戦争は、彼の肉体を要求していた。六か月の猶予《ゆうよ》。六か月！　せめて、それまで考えないでいられたら！　この地下にひそんでいられたら！　二度と残忍な日光を見ないでいられたら！…。

逃れ去る電車といっしょに彼は闇に姿を消し、眼を閉じた…。

眼を開けると、――数歩のところに、見知らぬふたつの体に隔てられて、ひとりの娘がいた。彼女は、今乗ったばかりだった。最初彼には、帽子で蔭《かげ》った彼女の繊細な横顔しか見えなかった。金髪が少し痩せ目の頬《ほほ》の上で捲《ま》き、感じのいい頬骨に光がさし、鼻と上向き加減の唇とがほっそりした線を描き、急いで走って来たために、口は半ば開いて、まだ喘《あえ》いでいた。眼の戸口から、彼の心のなかへ彼女は入った。すっぽりと入った。そして、戸口が閉まった。外部の騒音が沈黙した。静寂。平和。彼女はそこにいた。

彼女は彼を見てはいなかった。彼がそこにいることさえもまだ知らなかった。だが、彼女は彼のなかにあったのだ！　彼は、自分の腕のなかに黙って身をひそめた彼女の面影《おもかげ》をいだき、自分の息がそれにふれはしまいかと心配で、息もしかねていた…。

次の停留所は、大混雑だった。すでに満員の車内へ人々は叫びながら乱入した。ピエールは、人の波に押しやられた。トンネルの上方、市街で、爆弾の破裂する鈍い音がきこえる。電車は発車した。その瞬間、ひとりの男が、気でも狂ったように、両手で顔をおおい、停留所の階段を降りて来て、下に転がり落ちた。わずかの間だが、彼の指の間から血が流れているのが、人々の眼にとまった。…また、トンネルと闇…車内では、「ゴータ（第一次大戦当時のドイツの大型爆撃機）が来たんだ！…」という恐怖の叫び。重なりあった体をひとつに結びつけていた共通の興奮のなかで、ピエールの手は、ふれていた手をつかんでいた。眼を上げると、それが彼女の手なのを彼は知った。

　彼女は少しも手を引っこめなかった。抑《おさ》えつける彼の指に、はじめ彼女の指は、少しひきつるようにわなないて応えたが、その後、柔らかく熱くなって、じっと動かず、されるままになった。こうしてふたりは、暗がりに守られて、同じ巣にうずくまった二羽の小鳥のように手をとりあったままでいた。そして、ふたりの心臓の血は、熱い掌《てのひら》を通して、ひとつの波となって流れていた。彼らはひと言も交わさなかった。身振りひとつしなかった。彼の口は、彼女の頬の上の巻き毛と、耳の端にふれんばかりだった。彼女は彼を見なかった。三つ目の停留所に来ると、彼女は、——彼も引きとめようとはしなかったが、——彼から離れ、人々の体の間を滑るようにして、彼を見ないで出ていった。

　彼女の姿が見えなくなると、彼は後を追おうと考えた…だが、もう遅すぎた。電車は走り出していた。次の停留所で、彼は表に出た。夜気と、かすかにちらつく雪と、戦う鳥どもが空高く天翔《あまか》けて、おびえながらも恐怖を楽しんでいるようなパリの街とを、彼はふたたび見出した。しかし、彼には、自分のなかにいる彼女以外、何も見えなかった。彼は、その未知の女性の手をとって家にもどった。

ピエール・オービエは、クリュニー辻《つじ》公園近くの、両親の家に住んでいた。父は司法官だった。六つ年上の兄は、戦争がはじまると間もなく、応召していた。彼の家庭は、文字通りフランス的な、ブルジョワの家庭で、彼らは、情愛と人情とに富んだ律儀《りちぎ》な人たちだったが、自分で考えようとしたことはかつてない、いやおそらく、そんなことができるなどとは思ったことさえもない人たちだった。オービエ裁判長は、この上もなく誠実で、自分の職務を大変重んじていたから、公正という点と良心の声以外の何かを考慮して判決を下したのではないかと、嫌疑《けんぎ》をかけられたとすれば、それを最大の侮辱《ぶじょく》として、憤然と拒《きょ》否《ひ》しただろう。しかし、彼の良心の声は、一度たりと政府に反対のことを言わなかった（もっと適切に言えば、ささやかなかった）。彼の良心は根っからお役人的だった。国家は変わりはするが、誤るはずはないものと、彼の良心は考えていた。既成の権力は彼には、偽《いつわ》りなく神聖に思えたのだ。彼は、冷徹な魂の持ち主たちを、たとえば昔の、自由で剛直な大法官たちを心から讃《たた》えていた。そして、自分は彼らの血をひいていると、心ひそかに思っていたにちがいない。彼はまるで、一世紀をひたすら共和国に仕えてきた、小ミシェル・ド・ロピタル（十六世紀フランスの政治家で、自由と平等とを愛し、冷静、明徹な施政で名高く、ために宮廷から退けられた）といった人物だった。――オービエ夫人はどうかというと、彼女は、夫がよき共和派であったと同じように、よきクリスチャンだった。彼が、権力の忠実な道具になって、御上《おかみ》の許さない一切の自由に反対したのは、真摯《しんし》で誠実な気持ちからだったが、同じ気持ちから、彼女は、ヨーロッパの各国で、当時、カソリックの司祭やプロテスタントの牧師やユダヤ教の法師やギリシャ正教の司祭たち、それに、新聞やいわゆるまっとうな人たちが、戦争に対してさし出していた殺人の願いに、心をこめて自分の祈りを添えていた。――そして、父も母も、ふたりとも子供を熱愛していて、いかにもフランス人らしく、もっぱら子供に深い、本質的な情愛を注ぎ、子供のためにはすべてを犠牲にしたでもあろうが、また、人並みのようにするために、ためらうことなく子供を生贄《いけにえ》にしていたのだった。いったい誰になのか？　未知の神になのだ。いつの時代にも、アブラハムは、イサク（アブラハムの子）を火刑場につれていったし、アブラハムの誉れ高い狂気は、今なお哀れな人類のための模範となっている。

　こうした家庭では、よく見かけるように、情愛は大きいが、親密さは皆無《かいむ》だった。めいめいが自分の思いの底を見るのを避ける時、どうしてそれぞれの思いが自由に伝わりあうことができようか？　どう感じるにしても、いくつかのドグマは留保せざるをえないと、世間では考えている。だが、それらのドグマは、たとえ、一定の限界内にとどまっているほど控え目な場合（つまり、オービエ夫妻に対する場合がそうだった）でもすでに窮屈《きゅうくつ》なのに、実社会の強制的なドグマがやるように、生活にかかりあい、全的にそれを支配しようとするにいたっては言語道断だ！　さあ、祖国というドグマを忘れたまえ！　この新しい宗教は、旧約聖書を後ずさりさせていた。それは、——国王のもとで、——

国民が気楽にやっていた時代に、〈哲人たち〉の情熱をあおった、信仰告白だとか、金曜日の肉ぬき料理だとか、日曜日の休息だとかいった、口の上での献身や、無邪気で衛生的で滑稽《こっけい》な宗式では満足しなかった。すべてを要求し、そうでなければ不満だった。人間の肉体と血と生命と思考を、人間全体を要求した。とくに血を要求した。メキシコのアズテク族（十四世紀から十六世紀にかけてメキシコを支配した民族。多神教を奉じ、たくさんの人間が生贄として、神々に捧げられた）以来、神がこれほど満腹したことはかつてなかった。しかし、だからといって、信者たちが心を痛めていなかったと言うのは、とんでもない不当だろう。彼らは苦しんでいた。だが、信じていたのだ。可哀想《かわいそう》な同胞たち！　彼らには苦しみこそが、神聖さの証拠《しょうこ》なのだ！…オービエ夫妻も人並に苦しみ、そして人並に崇拝していた。しかし、ある青年には、心情と感覚と良識との、こうした放棄《ほうき》を求めることはできなかった。ピエールは、せめて、何が自分を圧迫しているかだけでもわかりたかった。口に出しては言えない、なんとたくさんの疑問に彼は悩まされていたことか！　何故なら、すべての疑問の最初の言葉は、「もし信じなければ！」という言葉だったから。――それはすでに、瀆神《とくしん》だった。——とても彼には話せなかった。もし話したら、それをきいた人たちは、恐怖と憤慨とで啞然《あぜん》となり、苦痛と恥辱《ちじょく》とを感じて彼を眺めたことだろう。それに、彼は、魂があまりにも皮が柔らかくて、少しでも外界の息吹《いぶ》きに当たると皺《しわ》がより、ちょっとそれにふれただけでふるえながら形をとるといった可塑的《かそてき》な年頃だったので、あらかじめ自分で自分を哀れで恥ずかしく感じていた。ああ！　なんと人々はみんな信じていることか！　（だが、みんな彼らはほんとうに信じているのだろうか？）いったい彼らはどんな風にやっているのか？——ピエールにはそれはききかねた。みんなが信じているなかで、ひとりだけ信じない人というのは、余計なようでも、他のみんなが具えている器官が欠けている人みたいで、赤くなって人眼から自分の裸体《らたい》をかくすものだ。

この青年の悩みを理解できたのは、兄だけだった。ピエールは、年少者が、（なかなか表には見せないが）しばしば、兄や姉や——時には一時の幻《まぼろし》として消えてしまった——見知らぬ仲間など、年長者に対していだく、あの崇拝の念をフィリップに対していだいていた。年少者には、自分がなりたいと思うもの、自分が愛したいと思うものへの夢のすべてを、混沌《こんとん》と流れていく未来への、清らかで濁《にご》った熱烈な思いを、年長者は実現しているように見えるのだ。兄は、この素朴《そぼく》な敬意に気づき、それを嬉《うれ》しがっていた。そこで、以前には彼は、つとめて、弟の心のうちを読みとり、手心してそれを弟に説明した。それというのは、弟よりたくましかったが、やはり、兄も弟のように、すぐれた人に見られる、多少とも女性的で、しかもそれを恥ずかしがらない、あの繊細《せんさい》な性格の持ち主だったからだ。ところが、戦争がやって来て、学究生活から、科学の勉強から、二十歳の夢から、弟との親交から彼を引き離した。彼は、戦争初期の熱狂的な理想主義にすべてを委《ゆだ》ねてしまった。彼はまるで、自分の嘴《くちばし》と爪とで戦争を終わらせ、地上に平和を回復させるといった、勇ましく、馬鹿げたイリユージョンをいだいて空中に飛びたつ狂気の大鳥のようだった。それ以来、大鳥は二、三度巣にもどって来た。だが、その度に、悲しいかな、少しずつ羽が抜けていた。彼は、たくさんのイリユージョンから醒《さ》めはしたが、口惜《くや》しくて、それを口に出せなかった。そんなイリュージョンを信じたことが恥ずかしかった。人生をあるがままに見ることができなかったとは、何と愚かなことか！　そこで彼は、人生についてイリュージョンをいだくまい、どんなものであろうと、じっとこらえて、人生を受け入れようと必死になった。彼は、単に自分だけを罰するにとどまらなかった。彼は、自分のイリュージョンを弟の心に見出すと、意地の悪い苦しみに刺戟《しげき》されて、それをも罰した。はじめて兄がもどった時、ピエールは、幽閉された魂を燃えたたせながら駆《か》けつけたが、すぐに、兄の応対にぞっとした。兄の応対には、たしかに相変わらず情愛が見られたが、その調子には、何かしらきびしい皮肉めいたものがあった。すると、口に出かかっていた多くの質問が、たちまち押し返された。フィリップは、それらの質問がやって来るのを見ると、ひと言で、眼つきひとつで、それらを薙《な》ぎ倒した。ピエールは、二、三度試みた後、胸ふさがる思いで断念した。彼にはもはや、兄はもとの兄とは思えなかった。

　兄の方ではどうかというと、彼には弟はあまりにも弟らしく見えた。彼は、以前の自分を、そしてもはやなりえない自分を弟に認めて、その償《つぐな》いを弟にさせていたのだ。彼は後からそれを悔いたが、おくびにもそんな様子は見せないで、またくりかえした。ふたりとも苦しんでいた。そして彼らの苦しみは、ふたりを結びつけたにちがいないほど近かったが、度重なる誤解によって、ふたりを遠ざけていた。ふたりの間のただひとつのちがいは、苦しみが似たものであることを兄は知っていたが、ピエールは自分だけが苦しんでいて、誰も打ち明ける人がいないと思っていたことだった。

では、どうしてピエールは同年輩の連中、学友たちの方を振り向かなかったのか？　それらの青年は、お互いに親密になって、支《ささ》えあえるはずだと思えたにちがいない。ところが、まるでそうではなかった。それどころか、悲しい宿命によって、彼らはばらばらに、小さなグループに分散しており、それらの小さなグループの内部においてさえ、お互いに隔たりをもち、気がうちとけなかった。いちばん凡俗な連中は眼を閉じて、戦争の流れに真《ま》っ逆様《さかさま》に飛びこんでいた。しかし、大多数の連中は、それから遠ざかっていて、先立つ世代の人たちと何のつながりも感じなかった。先輩たちの情熱や希望や憎悪《ぞうお》は、彼らには無縁だった。彼らは、素面《しらふ》の人が飲んでいる人を眺めているように、熱狂的な行動を目撃していた。だが、そうした行動に反対して彼らには何ができたか？多くの者が小さな雑誌を創刊したが、その生命ははかなく、空気の欠乏のために、数号出ると消えてしまった。検閲が空隙《くうげき》をつくり、フランス全体が蓋《ふた》をされて、真空状態で思考していた。反抗するには弱すぎ、泣言をいうには誇《ほこ》りをもちすぎたこれらの青年たちのうち、とくに秀でた連中は、自分たちが戦争で殺されるのを覚悟していた。屠殺所《とさつじょ》にひかれていく自分の番を待ちながら彼らは、少しの軽侮の気持ちと多くの皮肉な気持ちとをもって、めいめいが黙って、自分を眺め、批判していた。群衆心理に対する軽蔑的な反動から彼らは、一種の知的で芸術的な自我中心主義、観念的な感覚主義に引っこみ、追いたてられた自我が、人類の共同一致に反対して、自己の権利を要求していた。共同一致とは馬鹿げている、それはともに人殺しをし、またされることじゃないか、それらの青年たちにはそうとしか見えなかった。早熟な経験が、彼らのイリュージョンを枯《か》らしていたのだ。彼らは、それらのイリュージョンが先輩たちにおいてどんな価値をもっているかを、そして、イリュージョンを信じない自分たちが、生命でその償いをしているのを見ていたのだ。彼らの信頼感は、一般に人間にたいして、同じ年頃の人たちにたいしてさえ損《そこな》われていた。それに、こうした時代には、心を打ち明けることは危険だった！　御上《おかみ》から、その熱心さが名誉だと誉めそやされ、励《はげ》まされた愛国的スパイによって、いろいろの考えや内輪話が告発されたというニュースが、毎日のように耳に入った。それ故、これらの青年たちは、失意と軽蔑と用心と孤独な精神の克己的《こっきてき》な感情とによって、お互いにほとんど心を許さなかった。

ピエールは、十八歳の小ハムレットたちが探《さが》し求めるホレーショ（ハムレットの親友）を、彼らのうちに見つけることはできなかった。彼は（娼婦のような）輿論《よろん》に自分の思考を委《ゆだ》ねることは大嫌いだったが、是非とも、自分で選んだ魂たちにそれを自由に結びつけたかった。彼は、自分だけで満足できるにはやさしすぎたのだ。彼は、世界の苦しみを苦しんでいた。そして、その苦悩の総和を彼は過大に考え、それに押しつぶされていた。――これは、とにかく人類が苦悩に堪えているのは、ひ弱い青年のほやほやの皮膚よりも固い皮を人類がもっているからという理由によろう――ところが、彼の誇張《こちょう》のせいではなくて、事実だったし、世界の苦しみ以上にまた彼に耐えがたかったのは、世界の愚かさだった。

　意味がわかってさえいれば、苦しむことや死ぬことはなんでもない。わけがわかっていれば、犠牲もいい。だが、一青年にとって、世界と、その擾乱《じょうらん》とはいったい何を意味するのか？　もし青年が真摯《しんし》で健全であるなら、諸国家が、愚かな牡牛《おうし》のように、深淵《しんえん》の縁《ふち》で角《つの》突きあわせて、やがてはともにそこに転《ころ》がり落ちる野卑《やひ》な挌闘に、どうして興味をもつことができようか？　しかし、道は十分広くて、みんなが自由に往き来できた。だのに、どうして、自分で自分を滅ぼすことに、こんなにも熱中しているのか？　このような、傲慢《ごうまん》な祖国だとか、掠奪《りゃくだつ》する国家だとか、義務として人殺しを教えられている国民だとかが存在するとは、一体全体どうしたことだ！　それにしても、どうしていたるところで人々は、殺しあうのか？　何故この世界は食《は》みあうのか？　ひとつひとつの環が、それぞれ別の環の襟首《えりくび》に歯を食い入れて、相手の肉をたらふく食い、相手の苦しみを楽しみ、相手の死によって生きている、恐ろしく果てしない、この人生の鎖の悪夢はどうしたことか？　どうしてたたかうのか？　苦しむのか？　どうして死ぬのか？　生きるのか？　どうして？　どうして？……。

ところが今夜、ピエールが帰宅した時、このどうしては沈黙していた。

しかし、何も変わってはいなかった。彼は、書類と本とでいっぱいの自分の部屋にいた。周りでは耳なれた物音。通りでは警報の解除を告げるラッパの音。階段では地下室から上がって来る、借家人たちの満足そうなおしゃべりの声。上の階では、姿を消した息子を幾月も前から待っている老人が、気違いのように歩きまわっていた。――けれども、彼の部屋には、出がけに残していった心配事は、もはや待ち伏せていなかった。

時に、不完全な和音がかすれた響を出すことがある。それは精神を不安にする。だが、ひとつの調べが加わると、それが敵対する要素、あるいは、お互いに全然はじめてで、紹介《しょうかい》されるのを待っている訪問客にもたとえられる、よそよそしい、見知らぬ要素を溶かしこむ。すると、たちまち氷は破れて、調和が体中を自由に流通する。こうした精神化学、生暖かくて、ひそかな接触が彼に作用したところだった。ピエールは、この変化の原因に気づかなかったし、それを分析しようとも思わなかった。しかし、事物のいつもの敵意が、突如和らいだのを感じた。何時間も前から、刺すように頭が痛んでいたところ、突然、痛みがなくなっているのに気づくことがある。どうしてなくなったのか？　わずかにこめかみの辺りで、まだ痛みの記憶がつぶやいている…ピエールは、この訪れたばかりの静けさを前にして警戒していた。一時的な休戦の蔭《かげ》にかくれて、苦痛が息を吹きかえし、もっとひどくなって帰って来はしないかと気がかりだった。彼は、芸術が与えてくれる安らぎをすでに経験していた。線や色彩の完璧な均衡《きんこう》がわれわれの眼に入りこむ時や、調和のとれた数の法則にしたがって和音が、ばらばらになったり、結ばれたりして演ずるさまざまの美しいたわむれが逸楽的《いつらくてき》に耳穴に響く時には、平和がわれわれのうちに生まれ、われわれは喜びに浸される。しかし、それは、外部からわれわれにやって来る輝きで、太陽が遠くから熱でわれわれを、われわれの生活の上方に魅了し、ぶらさげるにたとえられよう。それは一時しかつづかない。やがてまた落っこちる。芸術は一時的に現実を忘れさせるものにすぎない。ピエールは、心もとなく、同じような幻滅《げんめつ》を予期していた。——だが、今度は、輝きは内部から来ていた。生活は何ひとつ、忘れられてはいなかった。しかし、すべてが調和していた。思い出と生々しい思いとが調和し、部屋のなかのいろいろの品物、書物、書類までが生気をおび、失っていた面白さをとりもどしていた。

幾月も前から、彼の知的成長は、ちょうど若木が、開花の真っ最中に、《春寒》のために萎《しお》れるようにとまっていた。彼は、応召寸前の若い徴兵適齢者たちに大学当局が与えた便宜を利用して、試験委員たちの思いやりであわてて卒業証書を手に入れるといった実際的な青年ではなかった。さらには、死が間近いのを見て、生きているうちには到底確かめることができないような知識を、大口を開けて貪《むさぼ》り食うといった青年の、やけくそな貪欲《どんよく》を、彼が感じなかったことはいうまでもない。終局にあるたえざる空虚感、いたるところ、世の中の残酷《ざんこく》で馬鹿げたイリュージョンに蔽《おお》われているが、下の方にある、たえざる空虚感が、——彼の飛躍をことごとく遮《さえぎ》っていた。彼は何かある書物や思考に飛びこんでは、がっかりして立ちどまった。そんなことをしたからといって、どうなるというのか？　学んで何になろう？　すべてを失い、うっちゃらなければならないのなら、何ひとつ自分のものにならないのなら、自分を豊かにして何の甲斐《かい》があろう？　活動が、学問が意味をもつためには、人生が意味をもたなければならない。精神でどれほど努力しても、心でどれほど歎願しても、その意味はえられなかった。——ところが今や、ひとりでに、その意味がやってきた。…人生が意味をもったのだ…。

これはいったいどうしたことなのか？　——そこで彼は、この内部の頬笑《ほほえ》みがどこから来たのかとたずねると、彼の眼には半ば開いた口が浮かび、彼の口はそれに接吻《くちづけ》したくて燃えていた。

普段なら、こうした無言の魅惑《みわく》は、永つづきしなかったにちがいない。恋を恋する青春時代には、あらゆる人の眼のなかに恋をみとめ、貪欲《どんよく》で、不確かな心は次から次へと恋を漁《あさ》って、一向に落着くことを急がない。一日のはじめにいるわけだ。

だが、今日という日は短いかもしれない。急がなければならなかった。遅れていただけになおのこと、この青年の心は急いでいた。大都会は遠くからは、官能の煙の立ちのぼる地獄谷のように見えるが、そこにも新鮮な魂と純潔な肉体とが住まっている。恋愛を尊重して、結婚までけがれのない感覚をもちつづける青年や娘が、何とたくさんいることか！　知的好奇心が早くから刺《し》戟《げき》される、気のきいた環境においてさえ、何とたくさんの奇妙な無知が、若い社交女性や、すべて知識はあっても、その実何も知らない学生の放縦な話の蔭にかくされていることか！　パリの中心にも、素朴な田舎が、小さな僧院の庭が、清らかな泉がある。パリは、それを描く文学によって裏切られている。パリの名で語っている人たちは、もっともけがれた人たちだ。それに、間違った世間体《てい》からけがれを知らぬ人たちが、しばしば、自分の無垢《むく》を告白するのをはばかっていることは周知の通りだ。——ピエールはまだ恋を知らなかった。そして、その最初の呼び声に身を委《ゆだ》ねたのだった。

彼の歓喜の思いは、次のことによっていっそう大きくなっていた。それは、恋が、死の翼の下で生まれたということだ。爆弾の脅威《きょうい》が頭上を通過するのを感じ、傷ついた人間の血まみれな幻《まぼろし》が彼らの心をとらえたあの動揺の瞬間に、彼らの指は求めあった。そして、ふたりともが、そこに、恐れる肉体のおののきと同時に、未知の友だちの情愛のこもった慰《なぐさ》めを読みとった。手をとりあったのはほんの束《つか》の間《ま》だった。だが一方の手、男の手は、「ぼくによりかかりたまえ!」と言い、——もう一方の手は自分の恐ろしさを抑《おさ》えて、母親のように、

「あたしの坊や！」と言ったのだった。

　そういったことは全然、言われも、聞かれもしなかった。けれども、この内心のささやきは、たしかに言葉という、思いをかくす、あの茂みのとばり以上に魂を満たした。ピエールは、そのうなりにあやされていた。それは、存在の明暗のなかに浮かぶ金色の蜂《はち》の歌のようだった。彼の日々は、生まれたばかりのものうさのなかで麻痺《まひ》していた。孤独で、むき出しの彼の心は巣の温《ぬく》もりを夢みていた。

　この二月の一、二週にパリは、新しく空襲で荒され、傷口をなめていた。新聞は犬小屋に引っこんで、報復を吠《ほ》えたてていた。そして、「惹《ひ》きつける人」紙によると、権力がフランス人に戦いをしかけているというのだった。内通裁判のシーズンがはじまっていた。検察官によってきびしく首を要求され、しかも、首を守ろうとしている惨《みじ》めな人間の見世物がパリ中を喜ばせていた。四年間も戦争がつづき、一千万もの人間が舞台裏で倒れて死んでいるにもかかわらず、パリの芝居欲は満たされていなかった。

しかし、この青年は自分を訪れて来た、不思議な客のことにもっぱら心を奪われていた。思いの底に刻印されはしたが、輪郭《りんかく》の欠けた、この愛の幻《まぼろし》は、何と奇妙な強烈さをもっていたことか！　ピエールには目鼻だちも、眼の色も、唇の形も言えなかっただろう。彼は、それらについては、自分の感動だけしか見出せなかった。彼女の面影《おもかげ》をはっきりさせようという試みはすべて、ただそれを変形させる結果になった。パリの街で彼女を探しはじめた時にも、やはり同じように失敗した。いつも、彼は彼女を見ているように思った。それは、頰《ほほ》笑《え》みであり、若々しい白いうなじであり、眼のなかの閃《ひらめ》きだった。そして、血が彼の心臓をたたくのだった。こうしたあやふやな面影と、彼が探し、好きだと思っていた実際の面影との間には、何の似通った点もなかった。では、彼女を愛してはいなかったのか？　とんでもない！　まさしく彼は、彼女を愛していたし、だからこそ彼は、彼女をいたるところに、あらゆる形で見ていたのだ。何故なら、彼女は頰笑みそのもの、光そのもの、生命そのものなのだから。そして、正確なデッサンはかえって愛に限界を画するものだろう。——だが、誰しも、そういった限界を望むものだ。愛を抱きしめ、所有するために。

たとえふたたび彼女を見かけなくても彼は、彼女がいることを、そして彼女が巣であることを知っていた。彼女は、嵐《あらし》のなかの港、闇のなかの灯台、海の星、愛だった。愛よ、死の時に、ぼくたちを見守ってください！……。

セーヌの河岸《かし》を、学士院に沿って、相変わらず持ち場についている、数少ない古本屋の陳列をうわの空で眺めながら、ピエールは歩いていた。彼は芸術橋《ポン・デ・ザール》の踏段の下に来ていた。顔を上げると、心待ちにしていた彼女が眼についた。デッサン用の紙挟《ばさ》みを小脇《こわき》に抱えて彼女は小鹿の様に踏段を降りて来た。彼は反射的に、彼女の方に飛び出していった。そして、降りて来る彼女の方へ彼がのぼっていく間にはじめて、ふたりの視線が交わされ、入りこんだ。彼女の前まで来ると、立ちどまって彼は赤くなった。すると、彼女は驚き、彼が赤くなるのを見て、赤くなった。彼が息をつぐ間もなく、牝鹿《めじか》のような彼女の小さな歩みは、すでに通り過ぎていた。彼が力をとりもどして、振り返ることができた時には、彼女の服は、セーヌ街に面したアーケードの曲がり角に消えるところだった。彼は彼女のあとを追おうとはしなかった。橋の手すりにもたれて彼は、流れる河のなかに彼女のまなざしを見ていた。ここしばらくのために、彼の心は新しい糧《かて》を手に入れたのだ…（おお、愛すべき愚かな青年たちよ！）…。

その一週間後、彼は、金色のなごやかな日光に満ちたリュクサンブール公園をぶらついていた。この陰気な年とは対照的に、輝かしい二月だった！　眼を開けたまま夢みながら、自分が見ているものを夢みているのか、夢みているものを見ているのか、もはやよくわからずに、ひじょうなものうさのなかで、漠《ばく》然《ぜん》と幸福で不幸で、恋焦《こ》がれるような気持ちを味わい、日光と同じほどいっぱいのやさしさにうるおされてピエールはぼんやりした眼で、歩きながら頬笑《ほほえ》んでいた。そして、彼の唇は知らぬ間に動いて、脈絡《みゃくらく》のない言葉、歌を口にしていた。彼は砂を眺めていた。と、飛び過ぎる鳩《はと》のかすかな羽音のように、頬笑みがたった今通り過ぎたように感じた。彼は振り返った。彼は彼女とすれちがったのを見た。ちょうどその時、やはり歩きながら彼女も振り返って、頬笑みながら彼を見た。すると、彼はもうためらわなかった。彼は両手を差し伸べるようにして、彼女のところへ飛んで来た。その様子があまりにも幼《おさな》げで、無邪気だったので、素直に彼女は彼を待った。彼は、全然謝《あやま》らなかった。彼らはまるで遠慮しなかった。ふたりには、すでにはじまっていた会話をつづけるように思えた。

「ぼくのことをからかってらっしゃるんでしょう」彼は言った。「仕方ないですよ!」

「からかってなんかいませんわ」――(彼女の声は歩みと同じように、活潑《かっぱつ》でしなやかだった)「あなた、ひとりで笑ってらしたわ。あたし、あなたを見て笑ったのよ」

「ほんとうに、ぼく、笑ってましたか?」

「今も笑ってらっしゃるわ」

「今のわけは、わかってるんです」

彼女は、そのわけを彼にたずねなかった。彼らはいっしょに歩いた。彼らは幸福だった。

「何て気持ちのいい太陽だこと！」彼女は言った。

「生まれたての春ですね！」

「さっきは、それに笑いかけてらしたの？」

「それだけじゃなくて、…多分あなたにも」

「嘘《うそ》つき！　嫌な人！　あたしを御存知ないくせに」

「そうは言わしませんよ。ぼくたち、前にも会ってるんです。多分何度も！」

「三度よ。今度もいれて」

「へえ！　憶えてらっしゃるんですか！…それ御覧なさい、ぼくたち、古い知りあいじゃありませんか！」

「そのことをお話しましょうよ！」

「ぼくもそれがいい。是非そうしましょう。…あ！　あそこに掛けましょう。ちょっと、いいでしょう？　水のそばは、とても気持ちがいいですよ！」

（彼らは、ガラテ（ギリシャ神話に登場する白い海のニンフ。その像）の泉水の近くにいた。石工《いしく》が何人か、爆弾除けに、その上に天幕をかけていた）

「駄目ですわ。電車に間にあわなくなっちゃう…」

彼女は時間のことを言った。彼は、まだ二十五分以上あることを示した。なるほどそうだった。だけど彼女は電車に乗る前に、おいしいプチ・パンのある、ラシーヌ街の角の店で、おやつを買いたかった。彼はプチ・パンをひとつポケットからとり出した。

「これは一等おいしいですね…いかがですか?…」

彼女は笑って、ためらった。彼は、それを彼女の手に渡して、その手をとった。

「あなたと話せるのが、ぼく、とても嬉しいんです!…いらっしゃい。あそこに掛けましょう!…」

彼は、泉水に沿った小径《こみち》のなかのベンチに彼女をつれていった。

「まだ、ほかにもあるんですよ…」

彼は、ポケットから一枚のチョコをとり出した。

「食いしんぼうね!…で、まだ何かあるの?…」

「でも、恥ずかしいな…包んでないんですよ」

「ちょうだい、ね、ちょうだいな!…戦争なんですもの」

彼は、彼女が勢よくパンをかじるのを眺めていた。

「戦争にいいところがあるって思うのは、ぼく、ほんとにはじめてですよ」彼が言った。

「あら! 戦争の話はよしましょうよ! ほんとに嫌なの!」

「うん」彼は熱をこめて言った。「その話は二度としないことにしましょう」

(空気がにわかに、軽くなった)

「あの雀《すずめ》を御覧なさいな」彼女は言った。「水浴びしてるわ」

(彼女は、泉水の縁《ふち》で身じまいをしている雀の群を指していた)

「それじゃ、いつかの晩、(彼は思いをめぐらしていた)あの晩、地下鉄で、ね、ぼくを見たんですね?」

「ええ、ちゃんと」

「だってあなた、一度もぼくの方を見なかったじゃありませんか…ずっと向こうをむいてましたよ！…ほら、今のように…」

（いたずらそうな眼で、前方を眺めながらパンをかじっている彼女の横顔を、彼は見ていた）

「…少しくらいぼくを見てもいいでしょう！…あちらの何を眺めてらっしゃるんです？」

彼女は振りむかなかった。彼は彼女の右手をとった。その手袋は人差指のところが破れて、指先がのぞいていた。

「何を見てらっしゃるんです？」

「あたしの手袋を見てらっしゃるあなたをですわ…それ以上破らないでちょうだい！」

（彼は、うっかりして穴を大きくしていたところだった）

「やあ、失敬！…だけど、どうして見えるんです？」

彼女は答えなかった。しかし、からかうような横顔のなかで、眼尻が笑っているのを、彼は見た。

「やあ、ずるい！」

「何でもないわ。誰だってすることよ」

「ぼくにはできないな」

「やって御覧なさい！…やぶ睨《にら》みするの」

「とてもできそうにないよ。ぼくは、真正面からぽかんとでなくちゃ見られないな」

「駄目よ、そんなにぽかんとじゃ！」

「やっとね！　あなたの眼が見える」

ふたりは顔を見あわせて、やさしく笑った。

「あなたの名は？」

「リュース」

「とても可愛い。この日光のように可愛い名ですね！」（リュースは、普通名詞では苔桃のこと）

「で、あなたのお名前は？」

「ピエール…ありきたりの名前ですよ」

「おかたい名前だわ、正直で、明るい眼をした」（ピエールは、普通名詞では石の意）

「ぼくの眼のように」

「明るさの点ではね。ほんとにそうだわ」

「リュースを見てるからですよ」

「リュースですって！…《嬢》《マドモワゼル》をつけるものよ」

「いや」

「いやですって？」

（彼は頭《かぶり》を振った）

「あなたは《嬢》《マドモワゼル》じゃない。あなたはリュース。そして、ぼくはピエールですよ」

彼らは片方の手を取りあっていた。そして、お互いに顔を見ないで、落葉した樹々の梢《こずえ》の間からのぞく、やわらかいブルーの空に眼をやりながら、沈黙した。波のように押し寄せるふたりの思いは、手から通いあっていた。

彼女は言った。

「いつかの晩は恐かったわね、ふたりとも」

「うん」彼は言った。「でもよかったね」

(そう言ってからはじめて、ふたりはそれぞれ、相手が思っていることを言ったのを知って頰笑《ほほえ》んだ)

彼女は大時計が時をうつのをきくと、手を引っこめて、急に立ち上がった。

「あら！　ちょうど時間だわ…」

彼らはいっしょに行った。見たところいかにも気楽そうなのでスピードのことは思わせないほど快《こころよ》く、パリの女たちが捌《さば》く、あの小走りの歩調で。

「よくここを通るんですか？」

「毎日。でも、あの築山《つきやま》の向こう側を通る方が多いですわ」(彼女は公園のワットーの森を指していた)「美術館（ルーヴル美術館）の帰りですの」

(彼は、彼女がもっている紙挟《ばさ》みを眺めた)

「絵描《か》きですか？」彼はきいた。

「いいえ」彼女は言った。「それは大袈裟《おおげさ》すぎますわ。へぼペンキ屋よ」

「どうして？　楽しみでやってるんですか？」

「あら、ちがうわ！　お金のためよ」

「お金のためですって！」

「いやらしいでしょう？　お金のために芸術をやるなんて？」

「絵が描けなくてお金がもうかるってのには、とくに驚きますね」

「描けないからもうかるのよ。この次、教えてあげるわ」

「この次も、泉水のところで、またおやつを食べましょうね」

「そうね、お天気だったら」

「だけど、もっと早く来れない？　いいでしょう？…ね…リュース…」

(彼らは停留所に来ていた。彼女は電車のステップに飛び乗った)

「いいでしょう、ね、君…」

彼女は答えなかった。しかし、電車が発車すると、彼女は眼で「ええ」と言った。そして、彼女は何にも言わなかったが、彼は彼女の口の上に、「いいわ、ピエール」という言葉を読んだ。

ふたりとも、立ち去りながら思っていた。

「変だなあ。人々は、今晩は、何て嬉しそうなんだろう」と。

そして、彼らは、その日に起こったことを考えようともしないで頬笑んでいた。彼らにわかっていたのは、ただ、自分たちが、それ、すなわち今日起こったことをもっていること、それをしっかりとつかんでいること、それが自分たちのものだということだけだった。それとは何なのか？　何でもない。だが、今晩、ふたりは豊かなのだ！…彼らは、家にもどると、友だちを見るような、情愛のこもった眼で、鏡のなかの自分を見た。彼らは自分に言うのだった。「あの人の眼がお前を見つめている」と。彼らは気持ちのいい疲労で、何故かしらぐったりとして、早く床についた。そして、服を脱ぎながら考えるのだった。

「今いいことは、明日があるということだ」と。

D

明日！……われわれの後に来る人々は戦争の四年目に、この言葉が、どんな無言の絶望と底知れぬ倦怠《けんたい》とを思い起こさせたか想像することは困難だろう…そんなにも疲れていたのだ！　何度希望が裏切られていたことか！　何百という明日が、昨日や今日と同じようにつづき、すべてが、ひとしく虚無と期待とに、いや虚無の期待にささげられていた。時はもはや流れをもたなかった。年は、どんよりした襞《ひだ》を描く、もはや流れているとは思えない、黒くてどろどろの流れの輪で生命を巻きこむ三途《さんず》の河のようだった。明日だって？　明日は死んでいた。

ところが、ふたりの子供の心には明日が蘇《よみがえ》っていた。

明日はふたたび、彼らが泉水のほとりに腰掛けているのを見た。そして、いくつもの明日がそれにつづいた。いいお天気が、毎日少しずつ長くなる、彼らの短い逢瀬《おうせ》を利していた。めいめいが、とり換えるのが楽しみで、おやつをもって来た。ピエールは今では、美術館の門のところで待っていた。彼は彼女の作品を見たがった。彼女は気が進まなかったが、是非と願われるまでもなく、それらを見せた。それは、名画とか画の部分を細かく模写したものや、群像や肖像《しょうぞう》や上半身像だった。ちょっと眼には、それほど不愉快ではなかったが、ひじょうにいい加減なものだった。あちこちに、かなり正確で美しいタッチが見られたが、そのそばには、未熟な不正確なタッチがあって、それは、単に初歩的な無知をさらけ出しているばかりではなく、人が見たらどう思うだろうということにはまるで無頓着な投げやりの態度をはっきりと見せていた。――〈もうたくさん！　これで結構だ！……〉――リュースは、模写した原画の名を言った。ピエールは、それらを知りすぎるほど知っていた。彼の顔は、当てがはずれてひきつっていた。リュースは、彼が不満なのを感じていた。だが、勇気を出して、彼に全部見せることにした。――それから、これも……えい！……それは、いちばんひどいものだった！　彼女はたえず、あざけるような頬笑《ほほえ》みを浮かべていたが、それはピエールにと同じく、たしかに自分にも宛《あ》てたものだった。しかし、彼女は、口惜《くや》しさで唇をかんでいることは白状しなかった。ピエールは口をきっと閉じて、何も言うまいとしていた。だが、とうとう、それはあまりにひどすぎた。彼女は、フィレンツェのラファエルの作品の複写を見せた。

「それにしても色がちがうね」彼は言った。

「だって！　無理もないわ！」彼女は言った。「見にいかなかったんですもの。写真を使ったのよ」

「それで、何も言われないの？」

「誰が言うっていうの？　お顧客《とくい》さんたち？　その人たちも見にいったことないのよ。…それに、見たところで、そんなに細かくは見なくてよ！　赤とか緑とか青とか、どぎつい色しか見やしないわ。時にはあたし、彩色のお手本を使って色を変えるの…ほら、たとえば、これがそう…」（ムリーリョ（十七世紀スペインの画家）の天使だ）

「さっきのより、この方がいいと思う?」

「ううん、だけど、これは面白いと思った…それに、この方が容易だったわ…それに、どっちだっていいの。肝心《かんじん》なのは売れることだわ…」

この最後の駄法螺《だぼら》をきりに彼女はおしゃべりをやめ、彼から絵をとりあげてふき出した。

「いかが? 思ってらしたよりずっとひどいでしょう?」

彼は悲しそうに言った。

「でも、どうして、どうしてこんなことをしてるんです?」

彼女は、彼のびっくりした顔を、やさしい母性的な皮肉の微笑《びしょう》を浮かべてじっと見つめた。このいとしいブルジョワ階級の青年には、すべてが苦《く》にならなかったので、自分が何のために妥協《だきょう》しているのかがわからないのだと思って…。

「何故ですか? ね、何故なんですか?」

彼は、またきいた。

(彼は、まるで自分がへぼペンキ屋であるかのように、すっかり恥じ入ってい

た！…何てやさしい子！　彼女は彼に接吻《せっぷん》してやりたかった…そっと額に）

　彼女はやさしく答えた。

「何故って、生活のためよ」

　彼は、その言葉に愕然《がくぜん》とした。彼には思いもよらないことだった。

「複雑だわ、生活って」彼女は皮肉っぽく軽い調子でつづけた。「まず食べなくちゃならないでしょう。しかも、毎日食べなくちゃ。晩、御夕飯を食べると、また明日の食事でしょう。それに衣類がいるわ。体にも、頭にも、手にも、足にも、みんなに着せなくちゃ。着る方はそれでお終い！　と、次にはいろんな払いでしょう。生活って支払うことね」

　彼は、ところどころ毛のぬけた質素な毛皮や、少し古びた編上靴や、パリ娘が天性の上品さで忘れさせる、あれこれの不如意《ふにょい》の跡など、恋の近視眼が見落としていたものをはじめて見た。彼の心はしめつけられた。

「ほんとに！　ぼく、できないかしら？　あなたに手を貸せないかしら？」

　彼は少し身をひいて、赤くなった。

「ええ、駄目」彼女は困って言った。「とんでもないわ…絶対に…必要ないのよ、そんなこと…」

「でも、できるとぼく嬉しいんだけどな！」

「駄目よ…もうそのことは話しっこなし。でないと、もうお友だちでいられないわ…」

「じゃ、ぼくたちは友だちなんですね？」

「そうよ。あんないやらしいものを御覧になったあとでも、あなたがまだお友だちでいてくださるならね？」

「もちろんですよ。あれは、あなたのせいじゃないんだもの」

「でも、あなたには苦痛でしょう？」

「そりゃ、そうだけど」

彼女は、満足そうに笑った。

「あなたには可笑《おか》しいんですね。いじわる！」

「いいえ、いじわるでじゃないわ。あなたにはわからないのよ」

「じゃ、どうして笑うんです？」

「それは申し上げられないわ」

〈彼女は思っていた。〈愛！　あなたはほんとにやさしいのね、あたしが何かひどいことをしたからといって、苦しんでくれるなんて〉と〉

彼女は言った。

「あなたはやさしいのね、ありがとう」

〈彼は、驚いた眼をして彼女を眺めていた〉

「わかろうとなさらないでね」彼の手をやさしくたたきながら、彼女は言った。…「さ、他のお話をしましょう…」

「うん…もうひと言だけ…でも、知りたいんです…ね〈気持ちを損ねないで下さい！〉」、…あなたは、今、少しお困りなんでしょう？」

「いいえ、さっき言ったのは、時々悪い時機があったからよ。だけど、今はましだわ。ママンに、御給料のもらえる職が見つかったの」

「お母さん、働いてるの？」

「ええ、軍需工場で。日に十二フランもらえるのよ、運があったんだわ」

「工場で！　軍需工場でですって！」

「ええ」

「それはひどい！」

「だって！　差し出されたからとったんだわ！」

「リュース、でも、もしあなただったら？……」

「あたしだって、御覧のように、なぐり描《が》きしてるじゃない…ね、だから、あたしはこの通りなぐり描きしてるのよ！」

「だけど、稼《かせ》がなくちゃならなくて、しかも砲弾をつくってる工場で働くしか手がなかったら、あなたは行きますか？」

「稼がなくちゃならなくて、しかも他に手がなかったら？…もちろん、駆《か》けつけるわ！」

「リュース！　あそこで何をしてると思ってるの？」

「そんなこと、考えないわ」

「あなたやぼくのような人間を苦しめたり、殺したり、引き裂いたり、焼いたり、拷問《ごうもん》にかけたりするものばかりですよ…」

彼女は片手を口にあてて、黙りなさいと合図した。

「知ってるわ。みんな知ってるわ。だけど、そんなことは考えたくないの」

「考えたくないですって？」

「ええ」彼女は言った。

ちょっと間をおいて、彼女はつづけた。

「生きなくちゃ…考えたら、もう生きられないわ…あたし生きたいの、生きたいのよ。生きるために、これをしろ、あれをしろって強いられてるのに、その上、これやあれのために苦しめっていうの？　そんなことはあたしの知ったことじゃないわ。あたしがそれを望んでるんじゃないんですもの。それが悪くても、あたしのせいじゃないわ。あたしが望んでることは悪くないんですもの」

「何をあなたは望んでるんです？」

「まず、生きたいの」

「人生を愛してるんですね？」

「もちろんですわ。あたし間違ってるかしら？」

「いや、いや、素晴らしいな、あなたが生きてるってことは！」

「で、あなたは、あなたは愛してらっしゃらないの？」

「愛してなかったんです、これまでは…」

「何時《いっ》まで？」

（その質問は答えを求めていなかった。彼らはふたりともそれを知っていたのだ）

　ピエールは自分の思いのあとを追って、こうつづけた。

「あなたは、〈まず〉…〈まず、生きたい〉って言いましたね。…では、その次は何です。何を望むんです？」

「わからないわ」

「いや、わかってるくせに…」

「ずい分差し出がましいのね」

「ええ、とても」

「あたし困っちゃうわ、あなたに言うのは…」

「言って下さい、そっと。誰にもきこえたりしませんよ」

彼女は頬笑《ほほえ》んだ。

「あたし、ね…（彼女はためらった）あたし、少しでいいから幸福がほしいの…」

（彼らは、ひじょうに近く身を寄せていた）

彼女はつづけた。

「望みすぎるかしら？…身勝手だって、よく言われたわ。で、あたし時々考えるの、〈あたしにはどんな権利があるのかしら？…〉って。自分の周りに、あんまりたくさん、不幸や苦しみを見てると、要求する勇気がなくなるのね。…だけど、やっぱりあたしの心は、〈いいえ、あたしにも権利がある、少し、少しは幸福をもつ権利がある…〉って要求し、叫ぶの。ね、率直《そっちょく》に言ってちょうだい。それは身勝手？　それは悪いことと思う？」

彼は、限りのない憐《あわれ》みの気持ちにとらえられた。この心の叫び、この哀れで純真な小さい叫びは、彼の魂まで揺り動かした。涙が眼に湧いて来た。ふたりはベンチの上で寄り添い、もたれあって、脚の温か味を感じていた。彼は振りむいて、彼女を抱きしめたかった。彼は、自分の興奮を抑えきれなくなるのを恐れて、あえて身動きしないでいた。ふたりはじっと動かないで、前の方の自分たちの足を眺めていた。ひじょうに早く、熱烈だが低い声で、ほとんど唇を動かさずに彼は言った。

「ぼくのいとしい体！　ぼくの心！　あなたの足を手にとって口にあてたい。あなたをすっかり食べてしまいたい…」

身動きせず、彼と同じようにひじょうに早く、低い声で、彼女は、すっかり当惑して言った。

「馬鹿！　お馬鹿さん！…黙って！…お願い…」

年配の散歩者がひとり、彼らの前をゆっくりと通りすぎた。彼らは、体がやさしく溶けあうのを感じていた…。

小径《こみち》にはもう誰もいなかった。一羽の雀《すずめ》が羽を乱して、砂浴びをしていた。泉水には、澄《す》んだ水滴がはねこぼれていた。おずおずと、彼らは顔を向きあわせた。そして、彼らのまなざしがふれあうや否や、小鳥が飛び立つように、彼らの口はこわごわだが、す早くあわされ、かと思うと、さっと離れた。リュースは立ち上がってその場をあとにした。彼もまた立ち上がっていた。彼女は彼に、「そのままでいて」と言った。

ふたりには、もう顔を見あう勇気がなかった。彼はつぶやいた。

「リュース…あの少しい…あの少しの幸福…ね、今、それをもってるんだね！」

陽気のせいで、雀たちは泉水のおやつが食べられなくなった。霧が来て、二月の太陽にヴェールをかけた。しかし、それは、彼らが心のなかにもっていた太陽を消すことはできなかった。そうだ！　どんな天候でもかまわなかった。寒くても暑くても、雨でも風でも雪でも、太陽が照っていても。どんな天候でも大変結構だろう。いや、ますます結構でさえあるだろう。というのは幸福が成長している時には、いちばんいい日は、つねに今日なのだから。

　霧は、彼らが一日の一部分を別れないでいられる親切な口実となった。人に見られる危険が少なかった。——彼は朝出かけて、電車の着くのを待ち、パリ中を彼女の使い走りに同道した。彼は外套《がいとう》の襟《えり》を立てていた。彼女は毛皮の円《トー》帽《ク》をかぶり、毛皮の襟巻を寒そうに顎《あご》のところまで巻き、きっちりとヴェールをつけ、そこから上向きの唇がのぞき、小さな円を描《えが》いていた。しかし、いちばんいいヴェールは保護的な濃霧の湿っぽい網だった。霧は、灰のように濃く、鼠色で、黄色い燐光のような光をおびていた。十歩も離れると、まるで見えなかった。セーヌ河に垂直《すいちょく》な古い通りを下《く》だるにつれて、霧はますます濃くなった。夢が冷たい夜具の間で伸《の》びをし、喜びにおののく、友だちの霧！　彼らは、果物のさやのなかの実、くすんだランタンのなかの焔《ほむら》のようだった。ピエールはリュースの左腕をしっかりとっていた。ふたりは、同じ歩調で歩いていた。ほとんど同じ丈で、リュースが心もち高く、ふたりは顔をひじょうに近く寄せて、低い声でしゃべっていた。彼は、ヴェールからのぞいている、湿った小さな円に接吻《せっぷん》したかった。

彼女は、〈偽《にせ》の古画〉を註文した商人に、彼女のいう〈蕪《かぶ》〉や〈大根《だいこん》〉を売りにいくところだった。彼らは、そこに着くのをそれほど急いではいなかった。そして、わざとではなく、（少なくとも彼らはそう確信していた）霧のせいで間違ったとして、いちばん遠道をしていた。しかし、とうとう、行き着くまいとつとめたにもかかわらず、目的地に来てしまったが、すると、ピエールは離れてあとに残った。彼女は店に入った。彼は街角で待っていた。彼は長い間待っていたし、それに暖かくなかった。だが、彼には待つことも、暖かくないことも、退屈なことさえも嬉しかった。彼女のためだったから。やっと、彼女が出て来た。彼女は、やさしい頬笑みを浮かべながら、彼が凍《こご》えていはしまいかと心配して、急いで駆《か》けて来た。彼には、彼女がうまくいった時には、眼でそれとわかった。すると、自分が儲《もうけ》たかのように喜んだ。けれども、大抵《たいてい》の場合、彼女は空手でもどって来た。お金をもらうためには、二、三日つづけて足を運ばなければならなかった。はねつけて、註文を出してくれない時の方が彼女には嬉しかっただろう！　たとえば今日などは、一度も会ったことのない、さる物故した律儀者の写真をもとにして描いた細密画のことで、ひどい目にあわされたのだった。家族の者が、眼と髪に正確な色をつけなかったといって憤慨したというのだ。やり直さなければならなかった。彼女は、むしろ自分の失策の滑稽《こっけい》な面を見る気質だったので、勇敢に笑っていた。だが、ピエールは笑っていなかった。彼はかんかんになっていた。

「馬鹿ども！　大馬鹿ども！」

リュースが、彩色模写をしなければならなかった何枚かの写真を彼に見せると、もったいぶった微笑を浮かべてそこにかしこまっている、それらの馬鹿面に対して、彼の軽蔑心は爆発した。――（ああ！　彼の滑稽な怒りを彼女は何と面白がって見ていたことか！）――いとしいリュースの眼が、熱心にこれらの不愉快な像に注がれ、熱心に彼女の手がそれを模写するなんてことは、彼には冒瀆《ぼうとく》に思えた。いや、忍びがたいことだった！　美術館の写し絵の方がまだましだった。しかし、もうそれは勘定《かんじょう》に入らなかった。開いていた最後のいくつかの美術館も閉鎖《へいさ》されて、観客の興味をひかなくなっていた。もはや聖母や天使の時代ではなくて兵隊の時代だった。どの家庭も、死んだ場合が多かったが、死んだ、あるいは生きている兵隊を出していて、その面影《おもかげ》を永遠化したがっていた。が、なかでももっとも裕福な家庭は彩色画を望んでおり、それはかなり実入りのある仕事だったが、だんだん数少なくなって来ていた。気むずかしいことを言ってはおれなかった。それがないと、さし当たり残っているのは、捨て値で、写真を引き伸ばす仕事だけだった。

この点からいうと、大体において彼女には、これ以上、パリにぐずぐずしている理由はなかった。もう美術館で模写をすることはなくなっていたからだ。一日か二日置きに店に註文をとりに来て、届けさえすればよかった。仕事は自宅でできた。だが、こうした事情は、ふたりの子供にはとりたてて問題にならなかった。彼らは停留所へ引き返す決心をしかねて、相変わらず街から街へさまよっていた。

彼らは疲れを覚え、凍《こお》りついた濃霧が身に沁《し》みたので、とある教会に入った。そして、そこで、おとなしく、小礼拝所のひとつの隅に腰を下ろして、ステンドグラスの窓を眺めながら、生活のありふれた些事《さじ》を低い声で話しあった。時々、沈黙が生じた。と、彼らの魂は言葉から解放されて、(彼らの心を惹《ひ》いたのは、言葉の意味ではなくて、ふるえるアンテナのひそかなふれあいのような、ふたりの生命の息吹《いぶ》きだったのだ) もっと厳粛で深奥な対話をつづけていた。

ステンドグラスの窓の夢、円柱の影、聖詩詠唱《えいしょう》のうなり声が、彼らの夢に混じりあい、彼らが忘れたかった生活の悲しさと、人の心を慰《なぐさ》める無限へのノスタルジーを思い起こさせた。十一時近くだったが、聖瓶《せいへい》の油のような黄色っぽい夕暮れが、大きな建物の内部を満たしていた。はるか遠く、上の方から、奇妙な薄明かりがさして来ていた。紫に赤がどんよりとかかって、ステンドグラスの窓が暗紅色をおび、黒い鉄具に縁《ふち》どられて、ぼんやりと絵姿が浮かんでいたのだ。闇の高い壁のなかで、その光の血は傷口のようだった…。

不意に、リュースが言った。

「あなたもとられなくちゃならないの?」

彼にはすぐわかった。彼の心も、沈黙のなかで、ひそかに同じ足跡を追っていたからだ。

「うん」彼は言った。「そのことは言いっこなしですよ」

「たったひとつのことだけ。ね、いつなの?」

彼は答えた。

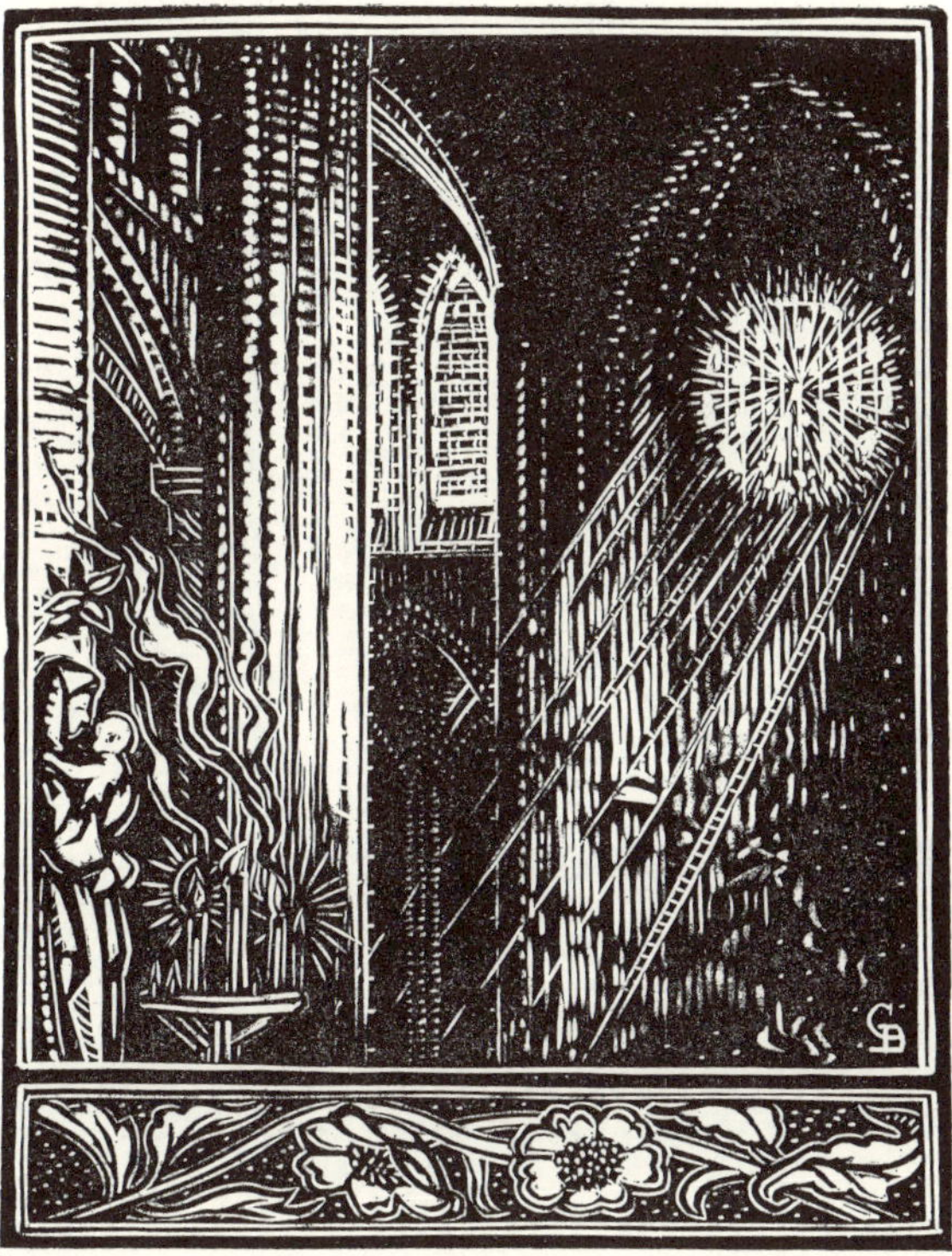

「六か月後」

彼女は溜息《ためいき》をついた。

彼は言った。

「もうそのことは考えちゃ駄目。何の役にも立たないでしょう?」

彼女は言った。

「ええ、何の役にも立たないわね」

彼らは、その考えを抑えようとして息をついた。それから、勇気を出して〈あるいは、逆に〈おそるおそる〉と言うべきかもしれない。ほんとうの勇気はどこにあるかを知っている者が決めるがいい!)ふたりとも他のことを話そうとつとめた。水蒸気のなかで、揺らめいている大蠟燭《おおろうそく》の星々のことや、前奏曲をかなでているオルガンのことや、通り過ぎる協会の小使のことや、びっくり箱になっている彼女のハンドバッグ——ピエールの指は、ぶしつけにそれをあちらこちら撫《な》でていた——のことなどを。彼らは何でもないことを、躍起《やっき》になって面白がっていた。可哀想《かわいそう》な子供たちのどちらも、やがてふたりを引き離すはずの運命を逃《のが》れようなどとは微塵も考えていなかった。戦争に抵抗したり、一国民の流れに挑戦するなどということは、固い甲羅《こうら》で彼らをおおっていた教会を持ち上げるにも等しかった。唯一の頼みは忘れることだった。最後の瞬間が来ないことを心の底で願いながら、その最後の瞬間まで忘れることだった。その時まで、幸福でいることだった。

そこを出ると、彼女は話しながら、彼の腕を引っぱって、今通り過ぎた、とある店先に一瞥《いちべつ》を投げた。それは靴屋だった。彼は彼女の視線が、背が高くて紐《ひも》でしめる、一足の美しい編上靴をやさしく撫でているのを見た。

「きれいだね！」彼は言った。

彼女は言った。

「うっとりしちゃうわ！」

彼は彼女のその言い方に笑った。彼女もまた笑った。

「大きすぎないかな？」

「いいえ、ちょうどの寸法よ」

「じゃ、あれを買うことにしたら？」

彼女は彼の腕を強くつかんで、前の方へ引っぱり、そのことは考えまいとした。

「お金持でなくちゃね」（〈カピュシーヌ（子供の踊り）を踊りましょう〉の節を口ずさんで）「でも、あたしたちには向かないわ！」

「どうして向かない？　灰娘《サンドリヨン》（シンデレラのフランス名）だってちゃんと上靴をはきましたよ」

「あの頃にはまだ、仙女《せんにょ》がいたわ」

「この頃でもやはり、恋人はいますよ」

彼女は、叫ぶように言った。

「いいえ、あなた、それはいけないわ！」

「どうして？　ぼくたちは友だちなのに」

「だからいけないのよ」

「だからだって？」

「そう、お友だちからはいただけないからよ」

「じゃ、敵からなら？」

「知らない人からならまだいいわ。たとえば、あのあたしの商人、もしあの人が内金を前貸してくれるならね。あのけちんぼがね！」

「でも、リュース、ぼくも、あなたに絵を註文する権利がありますよ！」

彼女は立ち止まって、ふきだした。

「あなたがあたしの絵を？　お気の毒に、それをどうなさるおつもり？　見て下さっただけでも大したことだわ。ひどい絵だってことはよく知っててよ。きっとあなたの喉につまるわ」

「とんでもない！　とても可愛いのがありますよ。それにもし、ぼくの趣味にあってたら？」

「この方、昨日からずいぶんお変わりになったらしいわね！」

「変わっちゃいけない？」

「ええ、お友だちならね」

「リュース、ぼくの肖像を描いてください！」

「おやおや、今度は、この方の肖像ですって！」

「ね、真剣なんだよ。ぼくだって、あの馬鹿どもくらいの値打はあるよ…」

彼女は思わず、彼の腕を強く握りしめた。

「いとしい人《シェリー》！」

「何て言ったの？」

「何にも」

「ちゃんときこえたよ」

「じゃ、内緒《ないしょ》にしておいて！」

「いや、内緒にしておかない。倍にして返すよ。…いとしい君《マ・シェリー》！…いとしい君！…ぼくの肖像を描いてくれるね？　わかった？」

「写真もってる？」

「いや、ないよ」

「じゃ、どうしようっていうの？　街では描けないわ」

「あなた、言ってたでしょう。家《うち》では、ほとんど毎日ひとりだって」

「ええ、ママンが工場にいく日はね。…だけど、それは無理よ…」

「人に見られるのが心配なんでしょう?」

「いいえ、だからじゃないわ。近所はないんですもの」

「じゃ、何が心配なの?」

彼女は答えなかった。

彼らは電車の乗場に着いていた。他にも、待っている人たちが、ふたりの周りにいたけれど、ほとんど彼らには見えなかった。霧が、ちっちゃなふたりを孤立させていたのだ。彼女は彼の眼を避けていた。彼は彼女の両手をとって、やさしく言った。

「ね、心配はいらないよ…」

彼女は眼をあげた。ふたりは見つめあった。彼らの眼はほんとうに真摯《しんし》だった。

「信じてるわ」彼女は言った。

そして彼女は眼を閉じた。彼女は、自分が彼に神聖なものと思われているのを感じていた。彼らは手を離した。電車は出るところだった。ピエールのまなざしはリュースにたずねていた。

「何曜日？」彼はきいた。

「水曜日」彼女は答えた。「二時頃いらして…」

発車間際に、彼女は例のいたずらな微笑を浮かべた。彼女は彼にそっと言った。

「でも、お写真ももって来てね。写真なしに描けるほど力がないから…ええ、知ってるわ、もってるくせに、いじわるのお茶目さん！」

マラコフ（パリ南郊の工場、労働者街）の彼方、前歯の欠けたような通りを切るようにして、荒蕪地《こうぶち》が野原らしいところへ消え、それらの荒蕪地には、板に囲われた屑屋《くずや》の小屋がたくさん建っている。どんよりした灰色の空が、色彩のない地面に長々と身を横たえ、地面の痩せた横腹から霧が立ちのぼっている。空気は凍《こご》えている。その家は容易に見つかった。通りの、その側《かわ》には家は三軒しかなかった。三軒のいちばんお終いのその家には、向こう隣りというものはない。それは二階家で、小さな庭があり、庭は生垣《いけがき》に囲まれていて、貧弱な灌木《かんぼく》が二、三本と、雪におおわれた四角い菜園とがあった。

ピエールは音をさせないで入った。雪が彼の足音を鈍《にぶ》らせたのだ。だが、一階のカーテンが動き、彼が戸口に着くと、扉が開いて、リュースが閾《しきい》のところにいた。ぼんやりと明るい玄関で、彼らは息を殺して挨拶《あいさつ》の言葉を交わす。彼女は彼を、食堂に使っている、とっつきの部屋に案内する。それがまた彼女の仕事部屋で、窓際に画架《がか》がすえてある。最初、ふたりは何を話していいかわからない。前もってこの邂逅《かいこう》のことをあまり考えすぎたからだ。用意していた文句は、ひとつも口から出て来ない。そして彼らは、家には誰もいないのに、低い声で話す。——いや、誰もいないから、かえってそうなのだ。お互いに数歩離れ、腕をこわばらせて腰掛けている。そしてピエールは、外套《がいとう》の襟《えり》を下ろしてさえもいなかった。彼らの話題は、寒い天気や電車の時間のこと。自分は何て間抜けなんだと感じて、ふたりは悲しそう。

　とうとう彼女は勇気を出して、写真をもって来たかどうかと彼にきく。そして、彼がそれをポケットからとり出すと、急に彼らはふたりとも活気づく。それらの写真が媒介《ばいかい》となり、その上に顔をやって彼らは話す。もうふたりきりではなくて、他の眼が彼らを見ており、しかもそれらは邪魔にならない。ピエールの思いつきはよかった。（彼はいたずらでそう思ったのではない）三歳からの写真を全部もって来ていたのだ。ちっちゃなスカートをはいた彼の写真があった。リュースは嬉しそうに笑って、その写真に、可愛い、滑稽《こっけい》な言葉を投げる。女にとって、いとしい人の、ほんの幼い頃の面影《おもかげ》を見ること以上に心地のいいことがあるだろうか？　彼女は、心のなかでその人をあやし、彼に乳房《ちぶさ》をふくませる。そして、自分がその人を産んだという夢さえみかねない！　それから、彼女は（彼女は決して欺《あざむ》かれやすいわけではない）それをひじょうに便利な口実にして、大人には言えないようなことを、その赤ん坊に向かって言う。どの写真が好きかと、ピエールにきかれると、ためらわずに彼女は言った。

「この可愛い坊やよ…」

こんな頃から、彼は何て真面目なんでしょう！　今以上くらいだわ。たしかに、もしリュースが思い切って（まさしく、彼女は何でも思い切ってする）今のピエールを、その写真とくらべるためにじっと眺めれば、彼の眼のなかに、その子供にはない、くつろぎと、子供らしい喜びの表情とを見る事だろう。その子供、温室育ちのブルジョワ家庭のその子供の眼には、籠《かご》の鳥のように、光が欠けているからだ。しかし、光が来たのではないか？　ね、リュース…今度は、ピエールがリュースの写真を見たいと言う。彼女は、一本に太く編んだ髪を垂らして、小犬を両腕にしっかりと抱いた六つの少女の写真を見せる。そして彼女は、自分の姿を見ながら、その頃もやはり、今とそれほどちがわずに愛していたのだわと、いたずらっぽく考える。ありったけの心を、こんな頃から、あたしのピエール、あたしの犬に与えていた、ピエールがあらわれるとっくの前に彼に与えていたのだわ。彼女はまた、しなをつくり、少し気取った様子で首をひねっている十三、四の少女の写真を見せた。幸い、そこにもやはり、唇の隅にいたずらっぽい微笑があって、いかにもこんな風に言っているようだった。

「ほらね、あたしふざけてるでしょう。真面目くさってないでしょう…」

彼らは今では、すっかり気兼ねを忘れていた。

彼女は肖像の下描きをはじめた。彼はもう身動きしてはいけないし、唇の端でしか話せなかったので、会話はほとんど彼女ひとりでした。本能的に彼女は沈黙が恐かった。そこで、誠実な人が少し長く話す場合に見られるように、彼女は、決して物語るつもりはなかった、自分と家族の生活の内輪ごとを口早に打ち明けてしまった。彼女は自分が話すのをきいて、驚いていた。しかし、もう立ち直る手だてはなかった。ピエールの沈黙は、川が流れる斜面のようだった…。

彼女は田舎での幼い頃の話をした。彼女はトゥレーヌ地方の出だった。彼女の母は、裕福なブルジョワ階級の家庭に生まれたが、農家の倅《せがれ》の小学教師に夢中になった。ブルジョワ階級の家の人たちは、その結婚に反対した。だが、恋するふたりは頑張《がんば》った。娘は法定婚姻年齢まで待って、承諾の催告状《さいこくじょう》を両親に送った。結婚以来、彼女の家は彼女を勘当《かんどう》した。若い夫婦は数年間、愛情と不《ふ》如意《にょい》の生活を送った。夫は仕事に疲れきって、とうとう病気になった。妻は甲斐甲斐《かいがい》しく、さらに夫の分まで引き受けた。彼女はふたり分働いた。彼女の両親は、誇りを傷つけられたことに意地を張って、何ひとつ彼女を助けることを拒《こば》んでいた。病人は、戦争のはじまる数か月前に死んだ。ふたりの女は、里方とのよりをもどそうとはしなかった。里は、母の振舞いが謝罪と受けとれたような申し入れを彼女がしていたら、娘を引きとっていただろう。しかし、両親たちは待つがいい！　むしろ、石にかじりついてでも！　という、ふたりは気がまえだった。

ピエールは、このブルジョワ階級の両親の過酷《かこく》な心に驚いていた。だが、リユースには別に珍しいことではなかった。

「こんな人たち、たくさんいると思わないこと？　悪い人たちじゃないわ。そうよ、きっとあたしの祖父母だってそうじゃないし、あたしたちに、〈帰っておいで！〉って言わないのがつらいんだとさえ思うわ。だけど、自尊心が辱《はずかし》められすぎたのよ！　それに、この人たちのところでは、自尊心、これだけが大したものなの。それが何よりも強いのよ。この人たちに間違ったことをすると、その間違いは、その人たちにとってだけの間違いではなくて、間違いそのものということになるの。他の人たちが間違っていて、その人たちは正しいってわけなのよ。だから、悪い人じゃなくても、――〈そうよ、ほんとに悪い人たちじゃないわ）――自分たちが正しくないかもしれないって認めるくらいなら、あたしたちが、そばで、たえず心配にやつれるままにさせておくってことになるんだわ。ほんとに、あの人たちだけじゃなくてよ！　他にもたくさん見たわ！…ね、あたし、間違ってる？　その人たちって、そうじゃない？」

ピエールは考えこんでいた。そして感動していた。何故なら彼は、こう思っていたのだから。

「ほんとにそうだ。なるほどそのとおりだ…」

彼は突然、この娘の眼を通して、自分が属しているブルジョワ階級の貧しい心、砂漠のようなうるおいの無さを見ていた。その、疲弊《ひへい》して、干《ひ》からびた大地は、豊かな大河が、一滴々々《いってきいってき》、ガラスのような砂の下に逃れ去ったアジアのある地方のように、生命の全樹液を少しずつ吸いとって、もはや新しくなりえないでいる。彼らは、自分が愛していると思っている人々でさえ、所有者としてしか愛せない。彼らは、自分のエゴイズム、頑固な自尊心、狭い頑《かたく》なな知性のために彼らを犠牲にする。ピエールは、自分の両親や自分自身を振り返って、悲しい気がした。彼は黙っていた。部屋の窓ガラスが、遠くの砲声でふるえていた。と、ピエールは戦死している人たちのことを思って、苦々しそうに言った。

「あれだって、彼らの仕業《しわざ》なんだ」

そうだ、あの大砲のしゃがれた咆哮《ほうこう》、世界戦争、大破局、——虚栄心が強くて、眼界の狭いブルジョワ階級の干からびた心と非人情とが、その責任の大半を負っているのだ。そして今となっては、(それは当然だが) 鎖を解かれた戦争という怪物は、もはや、ブルジョワ階級を食ってしまうまで活動をやめはしないだろう。

リュースは言った。

「当然だわ」

というのは、彼女は自分でも気づかずに、ピエールの考えを追っていたからだ。ピエールは、そのこだまに身ぶるいした。

「そうだ、当然だ」彼は言った。「当然だ、こんなことになるのはみんな。この世界は古くなりすぎてたんだ。この世界は滅びるべきだったんだ。滅びなくちゃならないんだ」

リュースはうつむいて、悲しく諦《あきら》めたような調子で、また言った。

「そうよ」

運命のもとに身をかがめた、真剣そうな子供たちの顔、その若々しい額は、心配に押しつぶされて、こんながっかりした思いに暮れていたのだ！…。

部屋のなかが暗くかげってきた。それほど暖かくなかった。リュースは手が凍えるので、仕事を中断したが、ピエールには、その仕事を見ることは許されなかった。彼らは窓のところへ行って、淋《さび》しい野原と樹の茂った丘の上に迫る夕暮れをじっと眺めた。紫色の森は、うすい金色の粉のかかった緑色の空に半円形を描いていた。ピュヴィ・ド・シャヴァンヌ（フランス近代派画家、静かな装飾的画趣が特長。一八二四―九八）的な雰囲気《ふんいき》がただよっていた。リュースがひとつ簡単な言葉を口にしたが、それは、このかくれた調和を彼女が読みとれることを示した。ピエールは、それにかなりびっくりした。が、彼女はむっとしないで、表現できないことでも感じることはできるものだと言った。彼女の絵が下手くそだったとしても、ことごとくが彼女のせいではなかった。おそらく考え違いの倹約から、彼女は工芸学校の教育を卒《お》えていなかった。それに、貧乏ゆえに彼女は絵をはじめたのだった。描《か》こうという要求がなくて、どうして描けるのか？　そしてピエールには、芸術をやっているほとんどすべての人たちが没頭するほんとうの必要なしに、虚栄心からか、さもなければ、最初は必要だと思うが、後には自分たちが間違ったと認めたくないからやっているのだということがわかっていなかったのか？　感ずることを自分だけでしまっておくことが絶対にできない時、感ずることが多すぎる時にはじめて人は、芸術家となるはずだ。しかし、自分の感情はちょうどひとり分だとリュースは言った。が、（彼が不服そうに口をとがらしたので）また言った。

「いいえ、ふたり分だわ」

空の美しい金色が褐色《かっしょく》に変わり、人気のない野原は憂《うれ》いに沈んだマスクをまといつつあった。ピエールはリュースに、こんな寂しいところにいて、恐くないかときいた。

「ええ、恐くないわ」

「帰りが遅い時でも？」

「危険はなくってよ。与太者《アパッシュ》はここには来ないわ。あの人たちには、あの人たちの習慣があるの。あの連中もブルジョワなのよ。それに、あそこに、近所の屑屋のお爺《じい》さんと、その人の犬がいるわ。それから、あたし、恐がらない性質《たち》なの。あら！　自慢してるんじゃなくってよ！　そんな資格はないわ。勇気がないんですもの。ただ、まだほんとに恐いことに逢ったことがないだけよ。逢ったら、あたし、誰より臆病になるんじゃないかしら。自分ってわからないものね？」

「ぼくには、あなたがわかってるよ」ピエールが言った。

「あら！　それはずっとやさしいことだわ。あたしだって、わかっててよ…あなたのことは。いつでも、人のことの方がよくわかるものね」

　しめっぽい凍《こお》るような夜気が、閉まった窓から入って来ていた。ピエールは、少し身ぶるいした。すると、すぐにそれを彼の襟首《えりくび》にみとめたリュースは、駆《か》けていって、一杯のチョコレートを用意し、アルコール・ランプで煖《あたた》めた。彼らはおやつを食べた。リュースは母親のようにピエールの肩に、自分のショールをかけてやった。彼は、布の温かみを楽しむ猫のように、されるままになっていた。彼らの思いの流れは、リュースが中断した身の上話にあらためて彼らをつれもどした。ピエールは言った。

「お母さんとあなたと、ふたりきりなら、きっとほんとにしっくりいってるんでしょう?」

「ええ」リュースは言った。「とてもしっくりいってたわ」

「いっ、いっ、いってたって?」ピエールはくりかえした。

「あら! 今だって愛しあってるわ!」思わずもらした言葉に少し当惑して、リュースは言った。(どうして彼女はいつも、自分が言うつもり以上のことを彼に言ったのか? しかも、彼は、彼女にたずねなかった。あえてたずねようともしなかった。だが、彼の心が問いかけているのを、彼女は見てとっていた。これまで一度もできなかったのだから、打ち明けるのはいいことだ! 家の静けさ、部屋の薄暗がりが、打ち明けることを促《うなが》していた）彼女は言った。「四年前から、何が起こってるのか、あたしにはわからないの。みんな変わったわ」

「お母さんか、あなたか、どちらかが変わったっていう意味なの？」

「みんなよ」リュースはくりかえした。

「どういう点で？」

「どうって言えないけど、どこででも感じるわ。知ってる人たちの間でも、家庭のなかでさえ、関係が前と同じじゃないのよ。何にも確かじゃないの。毎朝、〈晩には、あたしどんなことを見るかしら？　あの人ってわかるかしら？〉って考えるのよ。まるで水のなかで、今にもひっくりかえりそうな板にでも乗ってるみたい」

「で、どんなことがあったんです？」

「わからないわ」リュースは言った。「説明できないわ。でも、戦争からのことよ。空気のなかに何かがあるわ。みんなが心を乱されてるわ。家庭のなかでは、お互いになくちゃならない人たちが今ではめいめい、勝手な方向へ行ってしまってるでしょう。そして、めいめいが酔ったように、足跡を嗅ぎまわして、駈けていってるのよ」

「で、どこへ？」

「わからないわ。その人たちだってそうだと思うわ。運と欲とに押されるままに行くのよ。女は愛人をつくるし、男は妻を忘れるの。しかも、いつもはとても静かで、きちんとしてるように見えた、いい人たちがなのよ！　どこでも家庭が壊れたって話を耳にするわ。親子の間だって同じだわ。あたしの母は…」

　彼女は一旦言葉をとめて、それからつづけた。

「あたしの母には、母の生活があるの」

　また、彼女は言葉をきって、言った。

「そうだわ！　当たり前だわね！　まだ若いし、可哀想にママンはそんなに幸福じゃなかったの。もちあわせの愛情を使いきってないんだわ。生活をやり直したいって望む権利があるわ」

ピエールはきいた。

「再婚なさるつもりなの?」

リュースは頭《かぶり》を振った。彼女には、そんなによくわからなかったらしい…ピエールは、それ以上ききただそうとはしなかった。

「ママンは、やはりあたしを愛してるわ。でも、以前とはちがうの。今では、あたしがいなくってもいいのよ。…可哀想なママン! もうママンがあたしのことをいとしいとは思ってないってことを知ったら、いちばん悔《くや》むのは当のママンだと思うわ! ママンは、きっとそれを認めないわ…」

人生とは、何と奇妙なんだろう!

彼女はやさしく、悲しげで、いたずらな微笑を浮かべていた。テーブルに乗せた彼女の両手の上に、ピエールはやさしく片手をおいて、じっと動かないでいた。

「可哀想な人たちだ」彼は言った。

しばらくして、リュースは言った。

「あたしたち、何て静かなんでしょう！…他の人たちは熱に浮かされてるわ。戦争。工場。急いでるわ。せっせせっせと。仕事、生活、享楽…」

「うん」ピエールは言った。「時間がないからですよ」

「だからこそ走ってはいけないんだわ！」リュースは言った。「終点に早く着きすぎるわ。小刻みで歩きましょうよ」

「だけど、時間の方は走ってるんですよ」ピエールは言った。「しっかりとつかまえなくちゃ」

「つかまえてるわ。つかまえてるじゃない」リュースは彼の手をとって言った。

こんな風に、あるいはやさしく、あるいは厳粛に、彼らは仲のいい旧友のように話していた。しかし、彼らは気をつけて、つねにテーブルを間に挟《はさ》んでいた。


部屋がすっかり夕闇に閉ざされているのに、ふとふたりは気がついた。ピエールは、あわてて立ち上がった。リュースは、ちっとも彼を引きとめようとはしなかった。短い時が過ぎてしまった。彼らには、つぎに来る時が恐かった。

彼らは、彼が入って来た時と同じく窮屈《きゅうくつ》そうに、喉をしめつけられたような低い声で、お別れの挨拶を交わした。戸口で、握手をするのが精いっぱいだった。

しかし、扉を閉めて庭から出ようとしたところで、一階の窓の方を振り向くと、黄昏《たそがれ》の最後の光が映って銅色をおびた窓ガラスのなかに、ぼんやりと薄暗い光に包まれ、情熱的な顔つきで自分を見送っているリュースのシルエットを彼は見た。そこでピエールは、窓のところにもどって来て、閉まったガラス窓に自分の口を押しあてた。ふたりの唇はガラスの壁ごしにあわされた。それから、リュースが部屋の闇のなかに引きさがると、カーテンが降りた。

D

二週間ほど前から、彼らはもはや何が世の中で起こっているのか、さっぱり知らなかった。パリでは、全力をあげて、逮捕《たいほ》や処刑が行われていたのかもしれない。ドイツは条約に署名して、それを実行したり、破棄《はき》したりしていたのかもしれない。諸国の政府は嘘《うそ》をつき、新聞は悪口を言い、軍隊は人殺しをやっていたのかもしれない。彼らは新聞を読んでいなかった。彼らはチフスか、それともインフルエンザのように戦争がどこかに、四方にあるのを知っていた。しかし、それは彼らには無関係だった。彼らはそのことを考えたくなかったのだ。

ところが、その夜、戦争が彼らに思い出された。彼らはもう床についていた。(彼らはここのところ昼間、あまり心を使っていたので、夜になると、疲れきっていた）彼らはそれぞれ、自分の家で警報をきいたが、起きようとしなかった。嵐《あらし》の時に子供がするように、寝床の夜具の下にもぐりこんだ。――恐いからではなくて、（彼らは、自分たちには何にも起こるはずはないと、確信していたのだ）――夢みるために。リュースは闇のなかで、空気が轟《とどろ》くのをききながら思っていた。

「あの人の腕に抱かれて、嵐の過ぎるのがきけたらいいのに！」

ピエールは耳をふさいでいた。自分の思いが何にも乱されないように！　と願っていたのだ。彼は思い出の鍵盤《キー》の上に、その日の歌を、リュースの家に入った瞬間からの、時間の奏《かな》でるメロディーの糸を、彼女の声と身振りの、ほんのちょっとした抑揚《よくよう》までも見出そうと躍起になっていた。まなざしが次々に急いでとらえた面影《おもかげ》を、――瞼のかげり、さざ波のように、皮膚の下を通った心情の波、日光のように唇に浮かんだ微笑《ほほえみ》、差し伸べた両手の柔らかい裸身に支《ささ》えられ、横たえられた彼女の掌《てのひら》――こうした貴重な断片を、恋の魔法の気まぐれは、しっかりとひとつにあわせようとつとめるのだった。彼は、外部の騒音が入って来るのを許さなかった。外部は彼にはうるさい来客だった。…戦争だって？　わかってる、わかってるよ。そこに来てるって？　待ってるがいいさ！…そして、戦争は辛抱《しんぼう》強く、戸口で待っていた。戦争は、やがて自分の番が来るのを知っていた。彼もまた知っていた。だから、彼は自分のエゴイズムを恥じなかったのだ。死の波が彼をさらおうとしていた。だから、前もって戦争に何も義理立てしなかったのだ。何も。死は、債権執行の期日に出直してくればいいのだ！　それまでは、黙っているがいい！　そうだ！　少なくともそれまで彼は、この素晴らしい時を一刻も失いたくなかった。一秒一秒が金の粒で、彼は自分の宝物を撫《な》でさする守銭奴だった。これはぼくのものだ。ぼくの財産だ。ぼくの平和に、ぼくの恋にさわらないでくれ！　その時まで、これはぼくのものだ…で、その時はいつ来るのか？――ひょっとすると、来ないかもしれない！　奇蹟が？…――どうして、ないと言えるだろうか？…。

さしあたり、時間と日々の河は流れつづけていた。新しい曲がり角に来る度に、早瀬《はやせ》の轟《とどろ》きが近くなった。小舟のなかに横になって、ピエールとリュースはきいていた。しかし、彼らはもう恐くなかった。早瀬の大きな音さえ、オルガンの低音のように、彼らの恋の夢をあやしていた。いよいよ淵《ふち》に来たら、眼を閉じよう、もっとしっかり抱きあおう、すべてがお終いになるだろう、ひと息に。淵が、人生はどうなるか、そこに来た後はどうなってしまうかということと、出口のない未来のことを考える苦しみを遠ざけてくれた。というのは、リュースは、ピエールが結婚を望んだらぶつかるだろういろいろの障碍《しょうがい》を予感し、ピエールも、それほどはっきりとではないが、〈彼ははっきりさせることをリュースほど好まなかった〉またそれらを心配していたからだ。そんなに遠く眺めないことにしよう！　淵の向こうの人生は教会で話される、あの〈彼方の生〉のようなものだった。そこで人は再会すると言われるが、そんなにたしかなことではない。たったひとつのものだけがたしかだ。それは現在だ。われわれの現在だけだ。われわれの永遠的なものを一切合財《いっさいがっさい》それに注ぎこもう！

リュースは、ピエールよりもいっそう情報を問いあわせなかった。戦争は彼女の関心をひかなかった。それは、社会生活を織りなしているあらゆる悲惨に、もうひとつ加えられた悲惨であり、裸の現実を避けている人たちだけが、それに驚いているのだ。そして、早熟な経験によって、日々のパンのためのたたかいを知っていた（神は、ただではパンを与えてくれない！）この娘はブルジョワの友だちに、人殺し戦争が、可哀想《かわいそう》な人々、とくに女たちに、偽りの平和の名において陰険に、休みなく支配していることをあばいて見せた。けれども彼女は、彼を悲しませまいとして、戦争のことはあまり話さなかった。彼女は、自分の話が彼をはっとさせたのを見て、彼の人柄のよさをいとしく思った。彼女は大抵《たいてい》の女のように、人生のある醜《みにく》さにたいして、青年をびっくりさせた、あの肉体的、精神的な嫌悪《けんお》を感じなかった。彼女には反逆的なところがまるでなかった。もっと悪い環境でも、嫌らしい仕事を、嫌がらないで引き受けることができただろうし、全然汚れないで、静かにさっぱりと、それを離れることもできただろう。ところが、今ではもうそんな風《ふう》ではいられなかった。ピエールを知ってからというもの、愛ゆえに彼女の友だちの好き嫌いが彼女に浸透《しんとう》したからだ。だが、それは彼女の本性ではなかった。静かで、明朗な血筋で、厭世的《えんせいてき》なところはまるでなかった。憂鬱や、生活から遊離した勿体《もったい》ぶりなどは彼女に関《かか》わりのないことだった。人生はあるがままのものだ。あるがままにとろう！　ほんとうは、もっと悪かったかもしれない！　リュースは、やりくり算段のうちに、ことに戦争この方、つねに不安定な、危なっかしい暮らしを経験していたので、それに教えられて、明日のことは気に病まなくなっていた。それに、この屈託のないフランス娘には来世の心配は一切無縁だった。この人生だけで十分だった。リュースはそれを美しいと思っていた。しかし、それは一本の糸にかかっていて、その糸はちょっとしたことでも切れるので、明日のことを思い患《わずら》う必要はほんとうにないと、彼女は考えていた。あたしの眼よ、通り過ぎながら人をうるおす陽光を飲むがいい！　後でどうなるかということなど気にしないで、あたしの心よ！　信頼して、流れに身を委《まか》せるがいい！……それ以外にやりようはないのだから！　それに、愛しあっている今日では楽しいことではないか？　楽しい今日が長つづきしないことを、リュースはよく知っていた。しかし、彼女の命もまた長つづきしないだろう…。

彼女は、彼女を愛し、また彼女も愛していた少年、やさしくて、熱烈で、神経質な、幸福でいて不幸な少年に、ほとんど似ていなかった。彼はいつも極端に喜び、また苦しみ、いつも情熱的に傾倒《けいとう》し、また反抗した。そして、自分にほとんど似ていなかったからこそ、彼女は彼がいとしかった。だが、ふたりとも暗黙のうちに、未来を見まいとしていたという点では一致していた。もっとも、一方は委せきって歌っていく小川の気楽さで、もう一方は現在の淵に飛びこんで、そこから二度とは出まいという、はげしい否認の気持ちでだったが。

兄が数日の休暇をえて、帰って来た。最初の晩から彼は、家庭の雰囲気のなかに、何か変わったものがあるのに気がついた。何なのか？　言うことはできなかったが、何だか気に障《さわ》るものを感じていた。精神は意識が対象にふれる前に、遠くから知覚《ちかく》するアンテナを持っている。そして、いちばん鋭敏なアンテナは自尊心のアンテナだ。フィリップのそれは振り動き、探し、驚いていた。それに感じない何かがあった。…情愛に満ちたまどいがあり、いつものように彼に敬意の貢物《みつぎもの》をささげていたし、――この注意深い聴衆に彼は、けちけちと自分の話を量《はか》って与えていた――彼の両親は、彼に感心しきっていたではないか！　だが、弟は？…待てよ！　呼びかけに応じなかったのは、まさしく弟だった。

弟は、なるほど不在ではなかった。だが、兄のそばへ駆《か》けつけなかった。いつものように、兄の打ち明け話を求めなかった。もっとも兄の方では、それを弟に拒んで喜んでいたが。憐《あわ》れむべき自尊心！　フィリップは以前、弟の熱心な質問にたいして保護者的で、また冷やかすような、一種うんざりしたような振りを見せていたが、今度は、弟が質問をしてこないのに気を悪くしていた。そこで、兄の方から、質問をさせるよう誘《さそ》い水をさした。彼はいっそうおしゃべりになり、お前のために話しているのだと感じさせるためかのように、ピエールを眺めるのだった。これまでならピエールは喜びで身ぶるいし、投げてくれるハンカチをすばやくつかんだだろう。しかしピエールは、静かにフィリップが、そうしたければ、ひとりで拾うに委《まか》せた。フィリップは腹をたてて皮肉った。ピエールは狼狽《ろうばい》するどころか、相変わらずくつろいだ調子で、落ち着いてうけ答えした。フィリップは議論を望み、騒ぎたて、長談義をした。数分たつと、彼は自分ひとりで駄弁を弄《ろう》しているのに気がついた。ピエールは、兄がそうしているのを眺めていたが、こう兄に言っているようだった。

「さあ、兄さん！　どうぞ、つづけてください！　聞きますよ…」

横柄《おうへい》な小さな微笑！…役割が逆になっていた。

フィリップは口惜《くや》しがって、口をつぐんだ。そして、もっと注意深く、もはや自分のことにかまわない弟を観察した。何と彼は変わったのだろう！　毎日彼を見ていた両親は何も気づかなかったが、フィリップの鋭く、おまけに嫉妬《しっと》深い眼は、数か月の留守の後、もはや弟に以前の表情を見出さなかった。ピエールは何かしら幸福でものうく、軽率《けいそつ》でぼんやりとし、人のことには無関心、物事には不注意で、女の子のように、官能的な夢の雰囲気のなかにただよっているような様子だった。フィリップはもはや自分は、弟の頭のなかでは物の数ではないのを感じた。

だが、彼は他人を観察することと同じくまた、自分を分析することにも長《た》けていたので、すぐさま、自分の怨《うら》みがましい気持ちを意識し、それを一笑に付した。自尊心をうっちゃって彼はピエールに興味をもち、彼の変身の秘密をたずねた。弟に打ち明けるよう促したかったが、それは彼には不慣れな役だった。

それに、弟にはまるで打ち明ける必要がなさそうだった。暢気《のんき》で、ずるそうな磊落《らいらく》さで弟は、フィリップが、自分に竿《さお》を差し伸べようとぎごちなく努力しているのを眺めていた。そして、両手をポケットに突っこみ、にっこりと笑い、心はうわの空で、ちょっとした節を口笛《くちぶえ》で吹きながら、自分がきかれたことをよくききもしないで、ぼんやりと答え、――それからまたすぐに、自分の領分へ帰っていくのだった。おやすみ！　彼はもういなかった。とらえたのは水に映った彼の姿だけで、それは指の間からすべり抜けた。――フィリップは嫌われた愛人のように、今になって、自分が失った心の価値を感じ、その神秘の魅《み》力《りょく》に惹《ひ》かれるのだった。

謎《なぞ》の鍵《かぎ》が偶然彼の手に入った。夕方、モンパルナス大通りを通って帰る途中、暗がりで彼は、ピエールとリュースにすれちがった。彼は彼らが気づきはしなかったかと案じた。しかし、彼らは周囲のことにはほとんど無関心だった。ぴったりと寄り添い、ピエールが自分の腕をリュースの腕にかけ、彼女の手をとり、指を組みあわせ、ふたりは、ファルネーズ宮（十六世紀に、イタリアの名門、ファルネーズ家によって建てられたローマの別荘で、ラファエルとその弟子たちによって描かれた、一連のプシケ物語の壁画で名高い）の婚姻《こんいん》の床に横たわるエロス（ギリシャ神話の愛の神）とプシケ（ギリシャ神話中の大変な美女で、エロスの愛人）の、あの飽くことを知らぬいつくしみをもって、小刻みに歩いていた。彼らのまなざしの抱擁はふたりを、蠟《ろう》のようにひとつに溶かしていた。フィリップは樹に寄りかかって、ふたりが通り過ぎ、立ち止まり、また歩き出し、闇のなかに消えるのを眺めた。すると、彼の心はふたりの子供に対する憐憫《れんびん》の気持ちでいっぱいになった。彼は思った。

「おれの人生は犠牲にされた。それはいい！　だが、彼らのまでとるのは不当だ。少しでもおれに、彼らの幸福の償《つぐな》いができたらなあ！」

　その翌日、ピエールは、礼儀正しい無頓着《むとんじゃく》にもかかわらず、ほんとうを言えばすぐにではなくて、考えたあとでだったが、兄の自分に対する情愛のこもった調子に漠然《ばくぜん》と気がついた。そして、半ば眼を醒《さ》ますと、ピエールは、もはや兄には見られなくなっていたやさしい眼つきに気がついた。フィリップはあまりはっきりとピエールを眺めたので、ピエールは、そのまなざしが自分を探っているという印象をうけた。そこでピエールは不器用にあわてて、自分の秘密に蓋《ふた》をした。しかし、フィリップは微笑して立ち上がり、弟の肩に手をかけて、ひと周り散歩をしないかとすすめた。ピエールは、自分に与えられた新しい信頼に抵抗することはできなかった。彼らは近くのリュクサンブール公園へいっしょに行った。兄は片手を弟の肩にかけたままだったし、弟はふたたび仲がよくなったことを誇《ほこ》らしく感じていた。弟の口は軽くなった。彼らは精神のことや、自分たちの読書のことや、人々にたいする考察のことや、新しい経験のことなど、あらゆることを活潑《かっぱつ》に話した。——ただしふたりともが考えていたあのことを除いて。それは黙契《もっけい》のようなものだった。彼らは自分たちの間にひとつの秘密をおきながら、しかも親しく感じあえるのが嬉しかった。話しながらピエールは自問していた。

「知ってるのかな?…でも、知ってるはずはないんだが?…」

フィリップは弟がしゃべるのを、頰笑《ほほえ》みながら眺めていた。とうとう、ピエールは言葉を途中で切って言った。

「どうしたの?」

「いや、どうも。お前を眺めてるんだよ。嬉しいんだよ」

彼らは握手した。帰りにフィリップは言った。

「幸福だろう?」

ピエールは黙って、うなずいた。

「そうだろうとも。幸福は美しいよ。おれの分もつかめよ…」

弟を当惑させまいと思ってフィリップは滞在中、ピエールの年度の適齢者たちが近々軍籍に編入されることをほのめかすのを避けた。しかし、出発の日に彼は、自分が知りすぎるほど知っている試煉《しれん》に、弟がやがてさらされるのを見る心配を表明しないではおれなかった。すると、若い恋人の顔を、かすかに暗い影がかすめた。弟はかるく眉《まゆ》をしかめ、しつこい幻《まぼろし》を追い払うかのように眼をしばたたいた。そして、言った。

「馬鹿な!…もっと先さ!…わかるもんですか?」

「わかりすぎてるよ」フィリップが言った。

「とにかく、ぼくにわかってるのは」ピエールは、兄が強調したのにむっとして言った。「向こうへ行っても、ぼくは人殺しをやらないってことですよ」

するど、フィリップは別に反対しないで、悲しそうに頰笑んだが、彼には、群衆の不可抗の力によって、か弱い人や彼らの意思はどうなるものかがわかっていた。

三月がもどって来て、日が長くなり、小鳥たちが歌いはじめた。しかし、日とともに、戦争の不吉な焔《ほむら》は大きくなっていた。空気は春の期待と、大破綻《だいはたん》のそれとで熱していた。恐ろしい轟《とどろ》きと、幾百万の敵の武器がかちあう音が大きくなるのがきこえた。敵は数か月この方、塹壕《ざんごう》の堤《つつみ》に吹き寄せられるように集まり、津波《つなみ》のようにイール・ド・フランス（パリ周辺の地域名）とシテ島（セーヌ河に浮かぶパリ市中心の島で、パリ揺籃の地）に押し寄せようとかまえていた。恐ろしい噂《うわさ》の影が災禍《さいか》に先立った。毒ガスだとか、空中に散布《さんぷ》されて各地方を襲い、プレー山（西インド諸島の、仏領マルチニック島にある火山。一九〇二年の噴火で、島の北部が全滅した）の窒息ガスのように、一切を全滅させる病毒液だとかいった、信じられないような風聞がそれだった。とうとうゴータの来訪が、ますますひんぱんになって、パリの神経過敏を巧みに培《つちか》った。

ピエールとリュースは相変わらず、自分たちの周りのことは何ひとつ知ろうとしなかった。しかし、重苦しい脅迫的《きょうはくてき》な空気のなかで、彼らも知らぬ間に、微熱を吸っていて、それが、彼らの若い体にひそんでいる欲望をかきたてた。四年にわたる戦争は、ヨーロッパ人の魂のなかに道徳的放縦を拡《ひろ》めていて、それは、もっとも実直な人たちにもしみこんでいた。そして、ふたりの子供はどちらも、宗教的信仰をもたなかった。だが、彼らはデリケートな心と、本能的な貞潔さとに守られていた。しかし、彼らは人間の残酷《ざんこく》な盲目《もうもく》によって引き離される前に、お互い身を委《まか》せようとひそかに心を決めていた。彼らはお互いに一度もそれを言ったことはなかった。だが、今夜、彼らはそれを口にした。

週に一、二度、リュースの母は夜業のために工場に残った。そういった夜にはリュースは、淋しい界隈《かいわい》にひとりで居残らないよう、パリの女友だちの家に泊まることになっていた。彼女は誰からも監督されなかった。ふたりの恋人は、この自由を利用して、夜の一部をいっしょに過ごした。時には、小さなレストランでつましい夕食をした。三月半ばのその夜、食事を終えて出ると、警報が鳴るのをきいた。彼らは夕立を避けるように、いちばん手近な避難所に逃《のが》れて、しばらくの間、行きずりの仲間たちを観察して気を紛《まぎ》らしていた。しかし、警報解除のしらせはなかったが、危険が遠のいたか、去ったように思えたので、あまり遅く帰りたくなかったピエールとリュースは陽気におしゃべりしながら歩き出した。サン＝シュルピス寺院近くの、暗くて狭い古い通りを歩いていた。正門のそばにとまっていた一台の辻《つじ》馬車――馬も馭者《ぎょしゃ》も眠っていた――の横を、二十歩ばかり通り過ぎて、向こう側の歩道にいた時に、周りのすべてが振動した。眼先がかっと赤くくらみ、雷が落ちたような音がして、はぎとられた瓦と壊れた窓ガラスが雨のように降って来た。通りに急な曲がり角をつくっていた一軒の家の凹《くぼ》みで、彼らは壁にへばりつき、抱きあった。稲妻《いなずま》の明かりで、彼らは自分たちの恋と恐怖の眼を見た。ふたたび暗くなると、リュースは哀願するような声で言った。

「いや！　まだいや！……」

だが、ピエールは自分の唇に、燃えるようなリュースの唇と歯を感じた。彼らは通りの暗がりのなかで、動悸《どうき》しながらじっとしていた。近くの、大穴のあいた辻馬車の残骸《ざんがい》のなかでは、家々から出て来た人々が、瀕死《ひんし》の馭者を引き起こしていた。彼らは、血の滴《したた》るその不幸な男を連れて、ふたりのすぐそばを通り過ぎた。ピエールとリュースは、あまりにぴったりと抱きあって、化石化したようになっていたので、はっと気がつくと、ふたりは裸で抱擁していたように思った。彼らは嵌《は》めこまれて、樹の根のように、愛する者を吸いこんでいた手と唇を離した。そして、ふたりともふるえだした。

「帰りましょう！」リュースは、神に対する恐れのようなものにとらわれて、言った。

彼女は彼を引っぱって行った。

「リュース、君はぼくをこのままこの世から去らせはしないだろうね？　このままで…」

「まあ！」リュースは、彼の腕をしめつけて言った。「そんな考えは死ぬよりも悪いわ！」

「可愛い人！」彼らは言い合った。

彼らはまた足をとめた。

「いつ、ぼくは君のものになる？」ピエールは言った。(彼は、「いつ、君はぼくのものになる？」とは、ききかねた)

リュースは、それに気がついて感動した。

「大好き」彼女は彼に言った。「…もうじき！　急がないでね！　あたし、あなた以上に望んでるわ！…でも、もう少し、このままでいましょうね…素敵だわ！…今月の終わりまで！…」

「復活祭まで？」彼は言った。

(復活祭は今年は、三月の末日だった)

「ええ、復活の日まで」

「あ！」彼は言った。「復活の前に死があるよ」

「しっ！」彼女は自分の口で彼の口をふさいで言った。

彼らは離れた。

「今晩は、ぼくたちの婚約式だね」ピエールは言った。

暗がりを、お互い寄りかかって歩きながら、ふたりはやさしくいつくしみあって泣いていた。彼らが歩むと、地面は窓ガラスの破片で軋《きし》み、石畳には血がついていた。彼らの愛の周りには、死と夜とがひそんでいた。しかし、彼らの頭上には、煙突のように狭苦しい通りのふたつの黒い城壁の窓口の上高く、空の果肉のなかに、魔法の輪を思わせるひとつの星の心臓が鼓動していた…。

そして今や！　鐘の音が歌い、ふたたび光が灯《とも》り、通りが活気づく！　空気は敵から自由になり、パリは呼吸をとりもどす。死は逃げ去った。

I

いよいよ枝の日曜日（聖灰の水曜日から、復活祭の日曜日にわたる、四旬節の間の最後の日曜日）の前日になった。毎日、数時間彼らは逢っていた。そして、もう人眼からかくれようとさえしなかった。彼らにはもうこの世に払うべき勘定はなかった。今にも切れそうな、ひじょうに細い糸で、彼らはこの世につながれていたのだ！——二日前に、ドイツの大攻勢がはじまったところだった。波は百キロ近くのところまで押し寄せて来ていた。心の動揺がたえず、街を震撼《しんかん》させた。——たとえば、クルヌーヴ（パリの北郊約七キロにある工業町）の爆発は、パリを地震のように揺すぶっていたし、絶え間なく警報が眠りを破り、神経を消耗《しょうもう》させていた。そして混乱の一夜の後、この土曜の朝には、みんながずっと遅くなってやっと眼を閉じることができたところだったのに、遠くに潜伏した不思議な大砲——ソンム河の向こうから、まるで別の遊星からのように、手探りしながら死を投げる大砲の轟《とどろ》きに眼を醒《さ》ました。——最初の頃はゴータの再来かと思って、人々はおとなしく地下壕《ちかごう》に避難したが、危険は長引くと習慣になり、生活はそれに慣れっこになる。さらには、人々がみんなして危険をともにし、それがさほど大きくないと、生活はそこに一種の魅力をさえ見出しかねない。それに、あまりに天気がよく、生埋めになっているのは情けなかった。だから、正午前には、みんな戸外に出ていた。そして、通りも公園もカフェのテラスも、この晴れ晴れした、燃えるような午後には、まるでお祭りのようだった。

ピエールとリュースが群衆を離れて、シャヴィルの森（パリ西南郊にある町で、美しい森がある）に行こうと決めていたのは、この午後だった。彼らは、十日前から熱狂した静けさのなかに生きていた。心は深く安らいでいながら、神経はふるえていた。荒れ狂う流れに取り巻かれた小島にいるような気持ちで、そこでは、視覚と聴覚の迷いによってさらわれそうになる。だが、瞼《まぶた》を伏せ、両手を耳にあて、戸に閂《かんぬき》をさすと、突然自我の奥には、沈黙、まぶしい沈黙、不動の夏の日ざしが

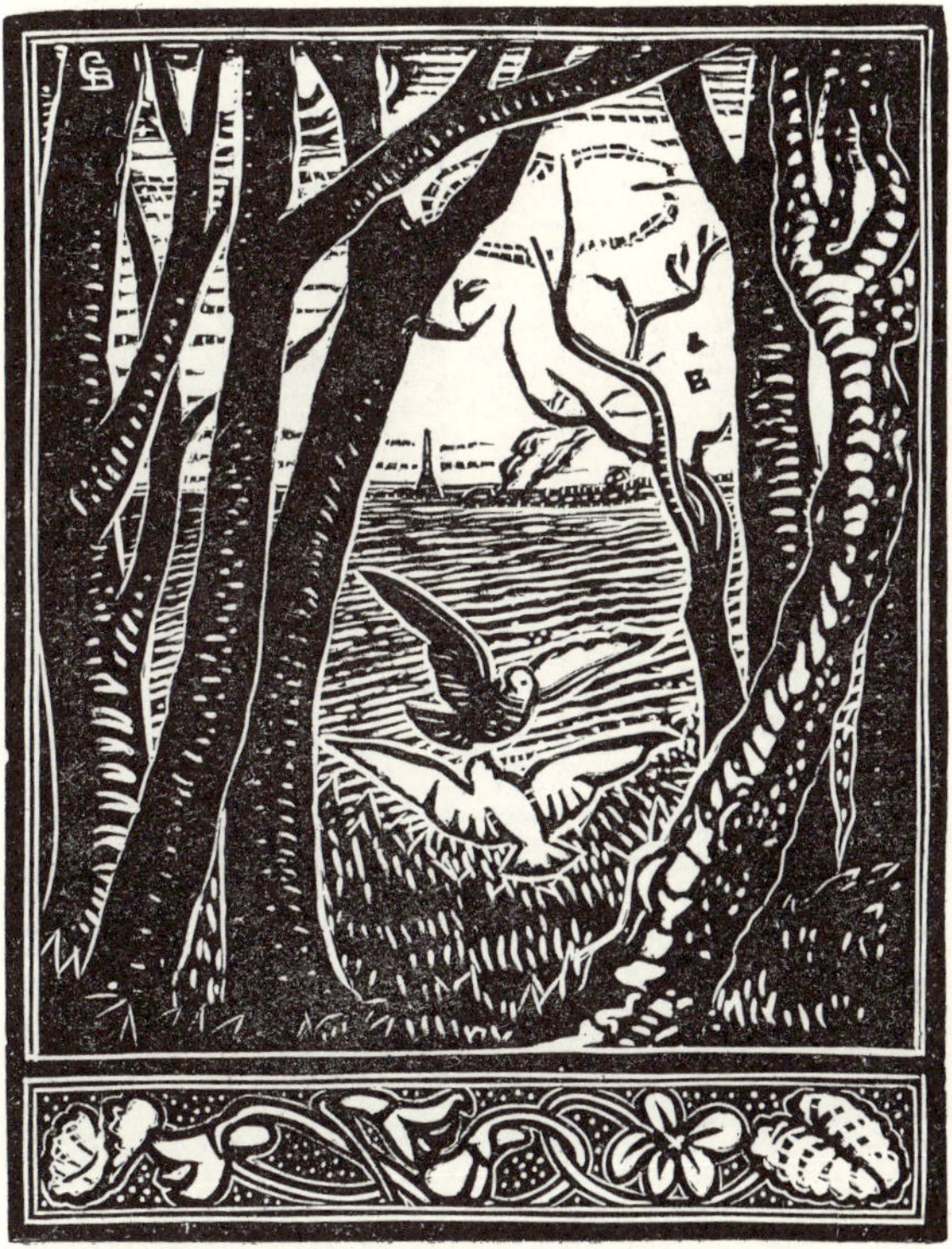

訪れ、そこでは眼に見えない歓喜が、姿の見えない小鳥のように、小川のような、流麗《りゅうれい》で新鮮な自分の歌を歌う。おお歓喜よ！　不思議な歌手、幸福のさえずり！　瞼の間にちょっとした隙間ができたり、指が一瞬耳を押さえることを止めるだけで、流れの泡《あわ》と騒音が入って来るには十分なことを、わたしは知りすぎるほど知っている。何ともろい水門だろう！　だが、歓喜が脅かされているのがわかるほど、水門がもろいことを知ると、いっそう歓喜は昂揚《こうよう》する。平和と沈黙さえが情熱的な姿をとる！……。

森につくと、彼らは手を取りあった。初春の日々は、興奮をさそう新しい葡《ぶ》萄酒《どうしゅ》だ。若々しい太陽は、純粋そのものの葡萄の汁《しる》で陶酔させる。なお落葉したままの森の上には光が天翔《あまか》け、裸の梢《こずえ》ごしに空の青い眼が理性を魅惑し、眠らせる…彼らは、ほとんど言葉を交わそうと試みなかった。そして、言いかけても、舌がその言葉をつづけさせなかった。彼らの脚はふやけ、歩きしぶった。太陽と森の静けさの下で、彼らはよろめいていた。大地が彼らを招いていた。道の上に身を横たえ、人間世界の大きな車輪の縁《ふち》に乗って運び去られるようにと…。

彼らは道の土手によじ登り、森の空地に入り、菫《すみれ》が萌え出ていた枯葉《かれは》の上に、寄り添って横になった。小鳥の初音と遠い大砲の鼻息とが、明日のお祭りを告げる村々の鐘の音に混じっていた。大気は光に満ちて、希望と信仰と愛と死とにふるえていた。ふたりだけだったにもかかわらず、彼らは低い声で話していた。彼らの心は圧迫されていた。それは幸福によってだったのか？　苦痛によってだったのか？　彼らにもそれは言えなかっただろう。ふたりは夢に溺《おぼ》れていた。リュースは両腕を体に沿わせて体を伸ばし、眼を開き、じっと、心を奪《うば》われたように空を眺めて、その日の喜びを乱さないよう、朝から追い払おうとつとめていた、ひそかな苦しみが心のうちにこみ上げて来るのを感じていた。ピエールはリュースの膝《ひざ》の、スカートの窪みに頭をおいた。彼は暖かいお腹のそばに顔をうずめて眠る子供のようだった。そして、リュースは黙ったまま、両手で、恋人の耳や眼や鼻や唇を愛撫していた。彼女の霊妙ないとしい手は仙女物語にあるように、指の先に小さな口をもっているようだった！　そして、ピエールは、ききわけのいい鍵盤《キー》のように、指の下を流れる小さな波に、恋人の魂のなかを横ぎる心の動きを見破っていた。彼女が溜息をつく前に、彼女の溜息の声をきいた。リュースは起き上がって体を前にかがめ、息を抑えて、低い声でうめくように言った。

「ね、ピエール！」

ピエールは感動して彼女を眺めた。

「ね、ピエール！　あたしたちは何なの？……人は、あたしたちから何を望んでるの？……あたしたちは何を望んでるの？……あたしたちには何が起こってるの？……あの大砲、この小鳥たち、この戦争、この恋愛…この手、この体、この眼…あたしはどこにいるの？……あたしは一体何なのかしら？……」

ピエールは彼女に、こうした迷いの表現を見たことがなかったので、彼女を両腕に抱こうとした。しかし、彼女は彼を押しのけた。

「いや！　いや！……」

そして、両手で顔をおおうと、顔と手とを草のなかに埋めた。ピエールは驚いて、歎願するように言った。

「リュース！」

彼は、リュースの顔のすぐ近くに顔を近づけた。

「リュース！」彼はくりかえした。「どうしたの？……ぼくがいやなの？……」

彼女は顔を上げた。

「ううん！」

彼は、彼女の眼のなかに涙を見た。

「悲しいの？」

「ええ」

「どうして？」

「わからないわ」

「ね、どうしてなの？」

「ああ！」彼女は言った。「恥ずかしい…」

「何が恥ずかしいの？」

「なにもかもが」

彼女は黙った。

彼女は朝から、つらい、恥さらしな、悲しい幻にとりつかれていた。彼女の母は淫蕩《いんとう》と殺人の工場の混雑、人間の醸造桶《じょうぞうおけ》のなかで醱酵《はっこう》していた毒気で気が狂い、もはや自制心を失っていたのだ。母は自分の家で、娘がきいているのもかまわずに、情人とひどい嫉妬《しっと》の争いをした。そしてリュースは母が妊娠《にんしん》しているのを知ったのだった。リュースにとって、それは自分が傷つけられ、愛全体が、彼女のピエールに対する愛までがけがされる汚辱《おじょく》のように思えた。だから、ピエールが彼女に近づいた時、彼女は彼を押しのけたのだった。彼女は、自分と彼とのことが恥ずかしかったのだ。…彼のことが？　可哀想《かわいそう》なピエール！…。

彼は出鼻を挫《くじ》かれ、もはや身動きできないで、そのままじっとしていた。彼女は悔恨《かいこん》にとらえられて、涙を浮かべながら頰笑んだ。そして、ピエールの膝に頭を寄せかけて、彼女は言った。

「今度はあたしの番よ！」

ピエールはまだ心配で、猫でも撫《な》でるように、彼女の髪を押さえていた。彼はつぶやいた。

「リュース、何だったの？　ね、言ってごらん！」

「何でもないのよ」彼女は言った。「悲しいことを見たの」

彼は彼女の秘密を大変尊重していたので、それ以上は言わなかった。ところが、リュースがしばらくして、つづけて言った。

「ほんとに！　時には…人間であるのが恥ずかしいわ…」

ピエールは身ぶるいした。

「うん」彼は言った。

しばらく黙っていたが、身をかがめて彼はひじょうに低い声で言った。

「ごめんね！」

リュースははげしい勢いで起き上がると、ピエールの頸《くび》に飛びついて、くりかえした。

「ごめんなさい！」

そして、彼らの口はあわされた。

ふたりの子供は、ともに慰《なぐさ》めてもらう必要があった。口に出して言わなかったが、彼らは思っていた。

「やがて死ぬのは幸いだ！　いちばん恐ろしいのは人間であることを破壊することを、いやしくすることを、あんなにも誇っているあの連中のひとりになることだ…」

唇が唇にふれ、睫《まつ》毛《げ》が睫毛にさわって彼らは、やさしい憫《あわれ》みの気持ちで、頬笑みながら、お互いにつくづくと見つめあい、愛のもっとも純粋な形態である、この神聖な感情に倦《あ》くことを知らなかった。とうとう、ふたりは凝視《ぎょうし》から離れて、リュースは晴れ晴れした眼で、やさしい空や蘇《よみがえ》る樹々や息《い》吹《ぶ》く花々をふたたび見た。

「何て美しいんでしょう！」彼女は言った。

彼女は思った。

「こういったものは何故こんなに美しいのかしら？　そして、あたしたちは何て貧しく、平凡で、醜《みにく》いんでしょう！…（だけど、あなたは別だわ、あたしの恋人、あなたは別よ！…）」

彼女はあらためてピエールを眺めた。

「そうだわ！　他の人のことなんかどうだっていい」

そして恋の素晴らしい非論理で彼女はふき出し、がばと起き上がると、森のなかに駆《か》け出して叫んだ。

「つかまえてごらん！」

彼らはそれから一日中、子供のように遊び、すっかり疲れてから、花籠のように夕陽がいっぱいの谷に向かって小刻みに歩いてもどった。彼らが——ふたりがひとつの心で、ひとりがふたつの体で、——味わったすべてが、彼らには新しく思えた。

I

彼ら五人は同い齢《どし》の友だち、学友で、ある精神上の一致と、考え方の類似とから、他の連中とは別にグループをなしていて、それぞれの家で集まりをもっていた。しかし、同じ考えの者は誰もいなかった。四千万のフランス人が一致していると言われていながら、その実、四千万の頭脳がめいめい、わが家に引っこんでいる。フランスの思考は、小地主の国という国土に似てばらばらだ。五人の友だちは、お互い小さな土地から、垣根ごしに、自分の思想の交換を試みた。しかし、彼らはこうして、めいめいが自分の思想にたいする自信をいよいよ強めるばかりだった。もっとも、彼らはみんな、自由な精神の持ち主で、全部が共和派ではないにせよ、知的あるいは社会的反動、退歩の敵だった。

ジャック・セーは、いちばん戦争に熱中していた。この健気《けなげ》なユダヤ青年は、フランスのあらゆる精神的情熱の味方だった。ヨーロッパのいたるところで、ユダヤ人の彼の仲間たちは彼と同様、彼らの属する祖国の立場と思想とに味方していた。おまけに彼らは習慣から、自分たちが受け入れるものは何でも誇《こ》張《ちょう》する傾向があった。この美青年は熱烈で、少し重苦しい声とまなざしとを持ち、ことさら輪郭を描いたように整った顔立ちをしていた。彼は自分の信念に関しては、必要以上に断定的で、ひどく自家撞着《じかどうちゃく》していた。彼によると、デモクラシーの十字軍によって諸国民を解放し、戦争を屠《ほふ》ることが問題だった。四年にわたる博愛的屠殺《とさつ》も彼を納得《なっとく》させなかった。彼は、事実による否認というものを決して受け入れない人間だった。彼は、復権したいと望んでいる自分の人種にたいするひそかな誇りと、正当性を要求している個人的なそれという、ふたつの誇りをもっていた。そして彼は、そういった要求に確信がもてなかっただけによりいっそう、それを望むのだった。彼の真剣な理想主義は、あまりにも長く抑圧されて気むずかしくなった本能と、やはり真剣だった行動と冒険への要求にたいして衝立《ついたて》の役割を果たしていた。

アントワーヌ・ノデもまた戦争に賛成だった。しかし、彼にはそれしかしようがなかったからだ。バラ色の頰《ほほ》をし、おだやかで気の利いた、この太っちょの善良なブルジョワ青年は息ぎれがしやすく、中部地方の愛嬌《あいきょう》のある調子で、r《ル》を巻き舌で発音した。彼は友だちのセーの雄弁な熱狂ぶりを、静かに頰笑《ほほえ》んで、じっと眺めていた。かと思うと、何げない言葉で、必要とあれば、彼を樹に登らせる術《すべ》を心得ていた――しかし、怠《なま》け者の太っちょは、そこまで彼を追うことはさしひかえた！　われわれではどうにもならないことに、賛成だ、反対だと熱を上げて一体何になるというのか？　義務と恣意《しい》との勇ましく、おしゃべりな葛藤《かっとう》というものは、悲劇のなかでしか見られない。選択できない場合には、人は文句なしに義務を果たしている。もっとも、だからといって彼が人より陽気なわけではない。ノデは称賛もしなければ、抗弁もしなかった。一旦汽車が発車し、戦争が動き出したからには、いっしょに走っていかなければならない、他に手はないと、良識が彼に教えていた。責任を追及するなどということは時間つぶしだった。たたかわざるをえない時に、事態がああだったらたたかわなくて済んだのになどと、こうではない事態のことを知って、それが何の役に立つというのか！

責任！　ベルナール・セセにとっては、それこそが、もっとも重要な問題だった。彼はこのからみあった蛇《へび》を解きほぐすことに躍起になっていた。というよりはむしろ、復讐《ふくしゅう》の女神（ギリシャ神話のメドゥーサ。髪は蛇で表現されている）のように、蛇を頭上で振りまわしていた。彼は優秀で、情熱的で、ひじょうに神経質なか弱い青年で、きわめてはげしい精神的感受性に燃えていた。そして、彼は裕福なブルジョワ階級の共和派の旧家、国家の最高の職務にも参与したことのある名門の出身だったが、反動でウルトラ革命的な情熱を公表していた。彼は時の支配者たちと、その一味をひじょうに近く見ていたからだった。彼は、あらゆる政府を、――なかでも、自国の政府を非難した。そして、もはや、サンディカリスト（組合活動家）やボルシェヴィキ（ロシアの共産主義者）のことしか話さなかった。彼らを発見したばかりだったが、まるで幼い頃から知っていたかのように、彼らと兄弟の契《ちぎ》りを結んでいた。どんな転覆《てんぷく》がいいかはあまり知らずに、ただ社会を救うには、それをすっかりくつがえすしか手はないと考えていた。彼は戦争を憎んでいた。しかし、彼は階級戦争——自分の階級と自分とに対する戦争でなら喜んで犠牲になっただろう。

グループのなかの四人目、クロード・ピュジェは冷やかな、少し侮蔑的《ぶべつてき》な注意を払って、こういった論戦にのぞんでいた。ほんのちっぽけな、貧しいブルジョワ階級の出で、巡視に来た視学官に才智を認められて、地方から引き抜かれ、小さい時に家庭の親しさから離れて、高等中学《リセ》の給費生になった彼は自分だけに頼り、自分とだけで生きることに慣れていて、自分だけの力で、自分だけのために生きていた。自我中心主義の哲学者で、魂の分析に熱中し、円《まる》まってじっとしている大きな猫のように、官能的に内省に没頭して、他人のアジテーションには心を動かさなかった。相互理解にいたらなかった以上三人の友だちを、ピュジェは——〈俗人〉といっしょに、——同じ袋に入れた。大衆と憧《あこが》れをともにしようとして、三人とも柄《がら》にもないことをしているのではないか？実のところ、めいめいにとって、その考える大衆はちがっていた。しかし、ピユジェにとっては、たとえどんなものであっても大衆はつねに誤っていた。大衆は敵だった。精神はいつも孤独にとどまり、自分だけの法則に従い、俗人や国家から離れて、閉ざされた思惟《しい》の小王国を打ち建てなければならない。

で、ピエールはどうかというと、窓のそばに腰掛けて、ぼんやりと外を眺めて夢みていた。いつもなら彼は、これらの若々しい突撃に情熱的に加わった。ところが、今日は、彼には徒《いたずら》な言葉のうなりに感じられて、それを彼はじつに遠く、じつに遠くからきいていた！　退屈で、からかい半分の麻痺《まひ》したような気持ちで。他の連中は論議に夢中で、彼の無言に気がつくまでには、かなりの時間がかかった。しかし、とうとう自分の口先のボルシェヴィズムにピエールが応酬《おうしゅう》するのになれていたセセが、ピエールの反響をきけないのに驚いて、彼にたずねた。

ピエールは、はっとして眼を醒《さ》まし、赤くなり、頬笑んで言った。

「何のことを話してるんだい？」

彼らは憤慨した。

「だって、少しはきいてたろう?」

「じゃ、何を考えてたんだい?」ノデがきいた。

ピエールは少しまごついて、だが少し横柄に答えた。

「春のことだよ。春は君たちの許可なしにもどって来た。ぼくたちなしに行ってしまうよ」

みんなが軽蔑で彼を押しつぶした。ノデは彼を〈詩人〉あつかいしたし、ジャック・セーは〈気取屋〉あつかいした。

ただ、ピュジェだけは好奇心と皮肉とをもって、冷たい瞳をした、皺《しわ》のよった眼で彼を見つめていたが、そのうち言った。

「羽蟻《はあり》だ!」

「何だって?」ピエールが面白そうに言った。

「羽に用心しろよ!」ピュジェが言った。「結婚の飛翔さ。一時間しかつづかないぜ」

「人生だってそれ以上はつづかないよ」ピエールは言った。

E

この受難の週（復活祭の前の週）には、彼らは毎日逢った。ピエールはリュースを彼女の一軒家に訪ねていった。貧相な庭も眼醒《めざ》めつつあった。彼らはそこで午後を過ごした。彼らは今ではパリに、群衆に、人生すべてに対して反感をもっていた。ある時には、精神的麻痺で彼らはお互い寄り添い、身動きしたいとも思わずに、じっと黙っていることさえあった。奇妙な気持ちがふたりを苦しめていた。彼らは恐かった。恐怖は、彼らが身を委《ゆだ》ねあうはずの日が近づくにつれて増したが、——それは過度の愛、浄化された魂によって、人生の醜さ、残酷さ、恥ずかしさがおびえさせていた恐怖であり、その恐怖は、情熱と憂愁《ゆうしゅう》の陶酔のなかで、それらから解放されようと夢みていたのだ。彼らは、お互いにそのことについては何も言わなかった。

彼らの時間は大部分、未来の住居のことや、いっしょにする仕事のことや、小さな世帯《しょたい》のことを静かに話すのに費《ついや》された。家具や、書類や、ひとつひとつの品物の置き場所のことなど、設備のごく些細な点まで、あらかじめ按配《あんばい》した。こうしたやさしい些事《さじ》や、日常生活のたちいった家庭的な情景を思い浮かべることは、いかにも女らしくリュースを、時には涙をさそうまで感動させた。彼らは、来たるべき家庭の、えもいわれぬささやかな喜びを味わっていた…そんなことは何ひとつ実現しないだろうと知りながら——ピエールは生来のペシミズムによる予感から、——リュースは結婚の実際的不可能性を知っていた愛情による洞察から…。だから、彼らは夢で味わうことを急いでいたのだ。そしてどちらも、それが夢にすぎないだろうという確信を相手にかくしていた。めいめいが、その秘密を握っていると思って憐《あわれ》み深く、相手のイリュージョンを壊すまいと注意していた。

彼らは、不可能な未来の痛ましい快楽を汲み尽くすと、実際に生きたかのように疲労にとりつかれた。そこで彼らは、しなびた葛棚《くずだな》の下に腰を下ろして休息した。太陽で、葛の凍《こお》った樹液が溶けていた。リュースの肩にピエールが頭を乗せてふたりは、大地のうなりを夢みながらきいていた。通り過ぎる雲の下で、三月の若々しい太陽がかくれんぼをして、笑ったり、姿を消したりしていた。明るい日ざしと暗い影が野原の上を走っていた。魂のなかの喜びと苦しみのように。

「リュース」突然、ピエールが言った。「君は思い出さない？……ずっと、ずっと前…すでに、ぼくたちはこうしていたんだよ…」

「ええ」リュースは言った。「ほんとね。何もかも見覚えがあるわ…だけど、あたしたちどこにいたのかしら？」

彼らは、どんな姿で以前に知りあったかをたずねて面白がった。すでに人間だったのか？　多分。しかし、その時にはきっと、娘はピエールで、リュースはその愛人だったのだ…空の鳥だったのか？　子供の頃リュースは、お前は煙突から落ちて来た小さな雁《がん》だと、母親に言われていた。ああ！　彼女はたしかに羽を折ったのだった！…しかし、ふたたびめぐり逢う場合、とくに彼らの気に入った場所は、夢だとか煙だとかの渦巻のような、混じり合い、もつれあい、ほどける、簡単な要素からなる流動体のなかだった。たとえば、空の深淵で溶けあう白雲、たわむれるさざ波、地上に降る雨、草におく露、空気の流れを泳ぐたんぽぽの種…けれども、それらは風に運び去られる。風がまた吹きはじめなければいいが！　そして、わたしたちが今後永遠に相手を見失わずにいられればいいが！…。

しかし、彼は言った。

「ぼくはね、ぼくたちは一度も離れたことはなかったと思うんだ。いっしょにいたんだよ。今のようにして、寄り添って寝てたんだ。ただ眠って、夢をみてたんだよ。時々、眼を醒《さ》ます…かろうじて…ぼくは君の息を感じ、君の頰《ほほ》はぼくの頰にもたれている…大変な努力をして、ぼくたちは口を近づける…そしてまた眠りに落ちる…可愛い人、ぼくはここにいる。君の手をとっている。離さないで！…今もまだ、ちょうど時間にはなっていない。春は、冷えきった鼻の先をやっと見せたところなんだ…」

「あなたの鼻先のようにね」リュースが言った。

「やがて、美しい夏の日のなかで眼を醒ますだろう…」

「やがて、美しい夏の日が来るわ」リュースは言った。

「…菩提樹《ぼだいじゅ》の暖かい樹蔭、梢《こずえ》の間の太陽、歌う蜜蜂《みつばち》…」

「樹墻《じゅしょう》の桃と、香りのいいその果肉…」

「刈入れ人たちの午睡と、彼らの金色の小麦の束…」

「牧場で反芻《はんすう》している、ものうそうな羊の群…」

「…そして夕《ゆう》べ、陽の沈む頃には液体の光が、花の咲いた池のように、野とすれすれに走るんだ…」

「何もかもが、」リュースは言った。「見ても、もっても、接吻《くちづけ》しても、食べても、さわっても、呼吸してもよくって、心地いいものになるのね…残りは、あの人たちにくれてやる」街とその煙とを指して、彼女は言った。

　彼女は笑い、それから友だちに接吻して言った。

「あたしたちずいぶん可愛い二重唱を歌ったわ。ね、ピエロさん？」

「うん、ジェシカ（一般に女の子の愛称。ヨハンナの別称）」彼は言った。

「可哀想なピエロさん」彼女はつづけた。「あたしたちって、あまり現世向きにできてないのね。そこじゃ、誰もう〈マルセイエーズ〉しか歌うことを知らないんだもの！…」

「それでも、まだ歌えればいいんだがね！」ピエールは言った。

「あたしたち、停車場を間違えたんだわ。早く降りすぎたのよ」

「ぼくはね」ピエールは言った。「次の停車場はもっと悪かったんじゃないかと心配なんだ。ね、君、未来の社会で、ぼくたちに約束されてる蜂の巣では、女王蜂のためか、共和国のためか、どちらかのためにしか誰も生きる権利はないんじゃない？」

「機関銃のように、朝から晩まで卵を産むか、朝から晩まで他人の卵をなめるか…そんな選択はもうたくさん！」リュースは言った。

「リュース、そいつはひどい。ひどいことを言うんだね！」ピエールは笑って言った。

「ええ、とっても悪いわ。わかっててよ。あたしには何にもいいものはないわ。あなたにだってもよ。あなたは、戦争で人を殺したり、かたわにしたりするのに向いてないわ。闘牛でお腹をえぐられた可哀想な馬のように、次のたたかいで役に立つよう、人間を縫いあわせるのにあたしが向いてないのと同じよ。あたしたちは無用な、危険な存在なんだわ。だって、恋人だとか、友だちだとか、善良な人たちだとか、子供たちだとか、あたしたちの愛する人たち、やさしい昼の光、またおいしい白パン、それに、口に入れて素敵でおいしいものすべて、そいうういったものを愛するためにしか生きないっていう滑稽《こっけい》で、罪深い意図をもってるんだもの。恥ずかしい、恥ずかしいことだわ！　あたしのために恥ずかしがってちょうだい、ピエロ！…だけど、あたしたち、ちゃんと罰をうけるわ！　地球がやがてそうなる、休息も休戦もない国家という工場には、あたしたちの席はなくなってしまう…幸いにもあたしたち、もうそこにはいなくなるのよ！」

「うん、何て幸福なんだろう！」ピエールは言った！

恋人よ、あなたの腕に抱《いだ》かれて逝《ゆ》けるなら、
わたしは満足だ、だからわたしは望まない、
あなたに接吻《くちづけ》しつつ、あなたの胸ふところで、
息引きとれる以上の幸福を、この世で持とうとは…

「まあ、可愛い人、それはいい方法ね！」
「だけど、立派にフランス的な方法だよ。ロンサール（十六世紀の、いわゆる七星派（プレイヤード）の代表的な抒情詩人）の詩なんだ」ピエールは言った。

…さもなければ、わたしは願いはしない、
百年後、栄光もなく、名も知られずに、
あなたの膝で、為すこともなく死ぬことを、カッサンドル（ロンサールの恋人）…

「百年！」リュースは溜息をついた。「難しくないわ！」

なぜなら、自分を裏切ることになるか、
こんな風に死ぬことが、より幸福であるからだ、
シーザー大王やアレクサンドル雷王の、なべての名誉をもつよりは

「いじわる、いじわる、いじわるのいたずらっ児！　恥ずかしくないの？　こんな英雄の時代に！」

「英雄は多すぎるよ」ピエールは言った。「ぼくは恋をする少年、男の子である方がましだ」

「まだ唇にあたしのお乳がついてる女の子だわ」

リュースは彼を抱《だ》きしめて言った。「あたしの坊や！」

当時の生存者たちは、それ以来、運命のめざましい急変に立ち会って、この週に、イール・ド・フランスをおおい、その影でパリをかすめた、黒い翼のあの重苦しい脅威的な飛翔をきっと忘れただろう。喜びは、過去の試煉《しれん》をもはや勘定《かんじょう》にいれないものだ。——ドイツの進撃は、聖月曜日と聖水曜日（復活祭の前週の月曜と水曜）との間に絶頂に達した。ドイツ軍はソンム河を渡り、バポーム、ネール、ギスカール、ロワ、ノワイヨン、アルベールが陥落《かんらく》した。千百門の大砲が奪取《だっしゅ》された。六万人が捕虜《ほりょ》になった。…恩寵《おんちょう》の土地が踏みつけられたのを象徴するかのように、聖火曜日には、調和の人、ドビュッシーが死んだ。竪琴《たてごと》がきれたのだ…〈可哀想な瀕死《ひんし》の小さなギリシャ…〉ギリシャの何が残るだろうか？彫刻された器と立派な石碑とが、墓地への道の草に蒸されるだろう。壊されたアテネの不滅の廃墟《はいきょ》…。

　ピエールとリュースは、丘の高みからでも眺めるみたいに、街の上に迫って来る夕闇を見ていた。彼らは恋の光になお包まれて、恐がらずに、短い一日の終わりを待っていた。今や、彼らは闇のなかで、ふたりきりになるだろう。彼らが大変好きだったドビュッシーの美しい和音の官能的な憂愁《ゆうしゅう》の調べが思い出されて、晩禱《ばんとう》の鐘のように、彼らの心に上がって来た。その音楽は、他のどんな時にも経験したことがないほど、彼らの心の要求にかなっていた。それは形式の帳《とばり》にかくれて、解き放たれた魂が話している唯一の芸術だった。

　聖木曜日（キリスト磔の前日、最後の晩餐の日）に、リュースがピエールの腕にすがり、彼の手をとって彼らは郊外の道を、雨に濡れて行った。雨で湿った野原を風が吹きまくっていた。彼らは、雨も風も醜い野原も泥だらけの道も意に介さなかった。ある囲い場の壁の一部が最近崩れて低くなったところに、彼らは腰を下ろした。やっと頭と肩とを覆《おお》っていたピエールの雨傘の下でリュースは脚を垂れ、両手を濡らし、レインシューズを水浸しにして、水が滴《したた》るのを眺めていた。風が梢《こずえ》を揺すぶると、小さな雨滴の霰弾《さんだん》が「ポン！　ポン！」と音をたてた。リュースは黙って頬笑《ほほえ》み、静かに輝くような顔をしていた。深い喜びがふたりを浸していた。

「どうしてぼくたち、こんなに愛しあってるんだろう？」ピエールが言った。

「あら！　ピエール、どうしてっておききになるのなら、あなたそんなに愛してなくってよ」

「ぼくがきくのは」ピエールは言った。「ぼくも君と同じように知ってるんだけど、それを君に言わせたいからだよ」

「お世辞を言ってもらいたいんでしょうけど」リュースは言った。「絶対に駄目。だってあなたは、あたしが愛してるわけを知ってらしても、あたしは知らないんだもの」

「知らないんだって？」ピエールはびっくりして言った。

「そうよ！　（彼女はひそかに笑っていた）それにあたし、少しもそんなこと知る必要がないの。事のわけを自問するのは、それに自信がないから、それがいいものでないからよ。愛してるんだから、あたしにはもうわけなんかいらないわ！　どこで、いつ、なぜ、どんなになんてことはもうたくさん！　あたしの愛がある、ただそれだけよ。その他のことは、あってもなくてもどうだっていいの」

彼らの顔は接吻《くちづけ》を交わした。その機会に雨が、ぶきっちょにさした雨傘の下に滑りこんで、彼らの髪と頬に指でふれるみたいに滴った。彼らは唇の間から、小さな冷たい滴《しずく》を飲んだ。

ピエールが言った。

「でも、他の人たちは？」

「他の人たちって、誰？」リュースは言った。

「哀れな人たちのことだよ」ピエールは答えた。「ぼくたち以外のみんなはどうなの？」

「あたしたちのようにすればいいのよ！　愛すればいいんだわ！」

「そして愛されればって言うの！　リュース、それは誰にでもできることじゃないよ」

「できるわよ！」

「できないよ。君は、ぼくにくれた贈り物の価値を知らないんだ」

「恋人に心を差し出すこと、愛する人に唇を与えるってことは光に眼を差し出すことよ。それは与えるんじゃなくて、とることだわ」

「盲人がいるよ」

「盲目は癒《なお》せないわね、ピエロ。その人たちのために見ましょうよ！」

　ピエールは黙っていた。

「何を考えてるの？」リュースが言った。

「あの日（磔の日）に、ぼくたちから遠くて近いところで、盲人たちを癒しに地上に来た彼が、受難に耐えたことを考えてるんだよ」

　リュースは彼の手をとった。

「彼を信じてるのね！」

「いや、リュース、もう信じてなんかいないよ。だけど、一度彼の食卓に迎えられた人たちにとっては、彼はいつまでも友だちなんだ。で君は彼を知ってる？」

「ほんのちょっと」リュースは答えた。「彼の話をきいたことがなかったんですもの。だけど、知らなくても愛してるわ…彼が愛したってことを知ってるからよ」

「ぼくたちのようにじゃないけど」

「どうしてちがうの？　あたしたちは、恋人のあなただけしか愛せないような、貧しいちっちゃな心を持ってるけど、彼はあたしたちみんなを愛したわ。でも、やはり同じ愛よ」

「明日行かない？」ピエールが感動してきいた。「彼の死のために。…サン＝ジェルヴェ寺院（セーヌ右岸、パリ中心部、四区、市役所近くにある小教会）で、いい音楽をやるって話だよ！…」

「ええ、あの日に、教会へあなたといっしょに是非行きたいわ。歓迎してくださるわ、きっと。彼の近くに行けば行くほど、あたしたちもお互いに近くなれてよ」

彼らは黙る。…雨、雨、雨。雨が降る。日が暮れる。

「今時分、明日は」彼女が言った。「あそこにね」霧が沁《し》みこんで来た。彼女は軽く身ぶるいした。

「ね、君、寒くない？」彼が心配そうにきいた。

彼女は立ち上がった。

「ええ、寒くなんかないわ。すべてがあたしには愛よ。あたしはすべてを愛してるし、すべてがあたしを愛してるわ。雨があたしを愛してるし、風も、灰色の空も、寒さもあたしを愛してる。——そしてあたしの可愛い人もね」

聖金曜日には、空は長い灰色の帳《とばり》をはりつめいていた。しかし、空気はなごやかで静かだった。通りには黄水仙や、ニオイアラセイトウ《ジロフレ》など、いろいろの花が見られた。ピエールはそれをいくつか買い、彼女が手にもった。彼らは、静かなオルフェーヴルの河岸《かし》を行き、清らかなノートル＝ダム寺院の足もとを通り過ぎた。魅力的なシテ島が落ちついた光を浴びて、気高いおだやかさで彼らを取り巻いていた。サン＝ジェルヴェ寺院の広場に来ると、鳩《はと》の群が彼らの足許から飛び立った。彼らは、寺院の正面の周りを翔けるその鳩の群を眼で追った。その一羽が彫像の頭の上にとまった。寺院前庭の石段を登りきって、これからなかに入ろうとした時、リュースが振り返った。すると群衆のなか数歩のところで、十二歳くらいの赤毛の少女が、両腕を頭の上に伸ばして正面の大扉にもたれ、彼女をじっと見ているのが眼にとまった。彼女は繊細で、寺院の小さな像彫のように少し古風な顔をしていて、謎めいた、愛らしい、利口そうで、やさしい微笑を浮かべていた。リュースも彼女に頰笑《ほほえ》んで、ピエールにその子を示した。しかし少女の視線は、リュースの上の方を通り越して突然おろおろした。と、その子供は両手で顔をおおって姿を消した。

「どうしたのかしら?」リュースがたずねた。

しかし、ピエールは見ていなかった。

彼らは入った。頭上では鳩が鳴いていた。外部の最後の騒音。パリの声は消えた。自由な空気は消え失せた。パイプオルガンの波、大きな円天井、石と音響の帳《とばり》が彼らを世間から引き離した。

彼らは、入って左側の通廊の、二番目と三番目の小礼拝所の間の側廊《バ＝コテ》のひとつに席をとった。ふたりとも、石柱の角に群衆からかくれ、石段に腰を下ろしてうずくまった。聖歌隊に背を向けて彼らは眼を上げ、祭壇の頂きや、十字架や、横手の小礼拝所のステンドグラスの窓を見ていた。美しい古聖歌が信仰深い憂愁《ゆうしゅう》の調べを雨と降らしていた。彼らふたりの小さい不信心者は、偉大な友を前にして、喪《も》の教会のなかで手をとりあい、ふたりとも同時に、低い声でつぶやいていた。

「偉大な友よ、あなたの前で、わたしは彼をとります、わたしは彼女をとります。わたしたちをお結び下さい！　わたしたちの心はおわかりでしょう」

そして、彼らの指は藁籠《わらかご》の藁のように、ひとつに結ばれ、組みあわされていた。彼らはひとつの肉身となり、音楽の波がわななきながらそれを渡っていた。彼らはひとつの床にいるように夢みはじめた。

リュースは、例の赤毛の少女を思い浮かべていた。彼女には、その子をすでに昨夜、夢で見たようにどうしても思えてならなかった。それはたしかにほんとうなのか、それとも、自分の現在の幻を過去の眠りのなかに投影しているのか、彼女にはわかりかねた。それから、そうした努力に疲れて彼女は思いをただようにまかせた。

ピエールは、流れ去った短い自分の生涯の日々のことに思いを馳せていた。

雲雀《ひばり》が太陽を求めて、霧で包まれた野原から飛び立つ…何て太陽は遠いことか！　何と高いことか！　いつかはそれに達しうるだろうか？…霧が深くなる。もはや地もなく天もない。そして、力が挫《くじ》ける。…その時、聖歌隊がいた円天井の下では、グレゴリオ母音歌唱がか細く流れていたが、突然、歓喜に溢れた歌が迸《ほとばし》り、岸辺のない太陽の海を航海する雲雀の小さな凍《こご》えた体が暗がりからあらわれる…。

彼らは指を強く握りあっていたので、いっしょに航海しているような思い出をもった。そして、彼らは教会の暗がりで、ぴったりと寄り添って、美しい歌をきいていた。彼らの心は愛で溶け、もっとも純粋な喜びの絶頂に達していた。ふたりとも、熱烈に願った。――祈った――そこからもう二度とは降りて来ないことを。

その時、リュースは情熱的なまなざしを、いとしい伴侶《はんりょ》に注いだところだったが、――（眼を半ば閉じ、唇を半ば開いて彼は幸福の恍惚境《こうこつきょう》で我を失っているようだった。彼は感謝に満ちた喜びのはずみで、人が本能的に上方に求める

あの至上の力に向かって顔を上げていた）——リュースは小礼拝所の赤と金色のステンドグラスに、頰笑《ほほえ》んでいた、寺院前庭のあの赤毛の子供の顔を見て、はっとした。驚きに凍りついて黙然としていると、リュースは、その不思議な顔の上にあらためて、さっきと同じ恐怖と憐憫《れんびん》の表情を見た。

と、同時に、彼らが背を寄せていた太い石柱が揺らいだ。そして教会全体が、その礎《いしずえ》までが震動した。リュースの心臓は、爆発の音や群衆の叫び声をかき消すほどはげしく搏《う》っていた。が、彼女は恐れる暇も、苦しむ暇もなく、牝雞《めんどり》が雛《ひな》を抱くように、自分の体でピエールを庇《かば》おうと、眼を閉じて幸福に頰笑んでいたピエールの上にのしかかった。母親のような動作で彼女は渾身《こんしん》の力をこめて、いとしい顔を自分の胸に押しあてた。リュースが彼の上に身をかがめ、口を彼の襟首《えりくび》にあてて、ふたりは小さくなっていた。

と、巨大な石柱が彼らの上にどっと崩れた。

一九一八年八月

解説

一　ロラン理解のために
――ヨーロッパの良心、ロマン・ロラン――

一九一四年七月三十一日夕、レマン湖の水は、美しい月の光を浴びて金色に輝き、蒼《あお》みをおびた軽い靄《もや》のなかに、スイス・アルプスの山々がたゆとう。大気は、藤の花の香りを乗せて甘くただよい、星が空一面に清らかにまたたいている。

今年も毎年のようにロマン・ロランは、ここ、スイスのレマン湖の東北岸、ヴヴェーに夏を過ごしにやって来ていた。ここには、ロランが一九〇四年から前後八年かかって書きつづけ、一九一二年にようやく完結した、あの有名な長編小説、『ジャン・クリストフ』で、クリストフが最後にたどりついた調和と清朗の境地が見出せたからである。

ところが、「この神々しい平和と、このやさしい美のなかで」(『日記』、一九一四年七月三十一日付)ヨーロッパの諸民族の殺しあいが告げられた。その日に、ロシアでは総動員令が、ドイツでは戦争状態の宣言が発せられたし、社会主義者で平和主義者のジャン・ジョレスがフランスで殺されたのもその日だった。

つづいて、翌八月一日にはフランスで総動員令が下り、ドイツがロシアに宣戦を布告し、三日にはさらにドイツがフランスに戦争をしかけ、ルクセンブルクに侵入した。堰《せき》は切って落とされた。もうどうにもならない。八月三、四日付のロランの『日記』を見ると、つぎのように書かれている。

「わたしはがっかりした。わたしは死んでしまいたい。こんな気の狂った人類のなかに生きていて、どうすることもできずに、文明の破滅を見るのは恐ろしい。このヨーロッパの戦争は数世紀この方、歴史上最大の惨事であり、人類の友愛という、われわれのもっとも神聖な希望の破滅である」

だが、とくにロランをがっかりさせたのは、戦争に反対するのが当然に思えた、社会主義者やカトリックの人たちや知識人までもが戦争に賛成したり、戦争熱に浮かされていることだった。彼らはほとんどみんなが、時の政府によって代表されたドイツ、あるいはフランスの殻から出ようとはしなかった。「もはや、国民をわけへだてしないで、近隣の国民の幸福や不幸を自分の国民のそれとして感ずるようになった」（『ジャン・クリストフ』第十巻、「新しい日」）あのクリストフのような人間はどこにも見当たらない。では、クリストフは迷夢なのだろうか？

なるほど、大戦の勃発《ぼっぱつ》によってうけたロランのショックは、さきほど引用した言葉の通り大きかった。しかし、ロランの信念、信仰にはゆるぎはなかった。ロランはそこで、フランスにも、あるいはドイツにも味方しないで、〈戦いを超えて〉立場をとり、人類と文明とをできるかぎり、戦争の災禍《さいか》から守ろうと決心した。そのためには、場所として中立国のスイスが好都合だったので、彼はその後フランスには帰らずに、そこに踏みとどまることにした。

ロランの、「ジュネーヴ新聞」による抗議、呼びかけがはじまったのである。

一九一四年八月二十九日、中立国のベルギーに侵入したドイツ軍が、ルーヴァンを焼きはらったというニュースがロランの耳に入った。ルーヴァンは、ルーベンスの絵など、貴重な歴史上の記念物の多い、いわれのある街である。ロランは我慢がならなくなって、ドイツの詩人、ゲルハルト・ハウプトマンに手紙を書いた。しかし、ひょっとすると手紙は、彼の手に届かないかもしれない。そこで、その写しをロランは「ジュネーヴ新聞」に送り、それが九月二日付の同紙に発表された。

手紙はドイツの知的選良に、ベルギーへの不法侵入とルーヴァンの破壊、この暴挙にあなたたちは共犯者でないという叫びをあげてほしい、せめてあなたたちだけは、侵略者とはちがって、ゲーテの子孫だという身の証《あかし》をたてて欲しい、と訴えた。

ハウプトマンの返事はノーだった。だがロランはあきらめない。この呼びかけを最初にロランは、翌一九一五年八月二日付の記事「ジョレス」にかけて、足かけ一年、全部で十六の記事を、「ジュネーヴ新聞」に発表しつづけた。彼は時にはたえがたい孤独感、絶望感に苦しみながらも、クリストフのように、「苦しみ、たたかい、ついには勝つ」（『ジャン・クリストフ』の献辞）ことを確信して、決して屈しなかった。

この戦争は、それぞれの国で知識人たちが申しあわせたように自分の国の立場を擁護《ようご》して叫んでおり、また国民がそうだと思いこんでたたかっているような正義の戦争ではない。この戦争は、きたない帝国主義の戦争であって、国民はただ失うばかりである。彼らは踊らされている。ロランはこういった考えだったから、一般のフランス人のように、ドイツ人だからといって相手を憎むなどという身振りを知らない。彼は国民と、国民を引っぱっている人たちとをいっしょに非難することを拒んで、国境を越えて友愛の理想が人々を結びつけることを願った。そしてロランは、そういった友愛の世界の実現の機会を、すべての国々の知的選良の奮起と提携《ていけい》とに見出したのだった。

今日から見ると、たとえばつぎのような知識人の言葉は不思議に思えるだろう。

「ドイツにたいしてはじめられたたたかいは、野蛮性にたいする文明のたたかいそのものである。すべての人がそれを感じているが、わが学士院はおそらくそれを述べる特別の権威をもつ…」（アンリ・ベルクソン）

「フランス国民の頭脳はもう戦争にたえない。…わずかのうちに戦争によって、こんなにくつがえってしまった国民に、いまなお戦争にたいする権利があるだろうか。今日ではもう、フランスの軍国主義はたんなる気がまえ、あるいは虚栄にすぎない…」（トーマス・マン）

けれども、この状態は、今度の戦争中の日本の状態を考えあわせれば、別に不思議とは言えないかもしれないし、季節がそのように狂った季節だっただけに、当たり前であるはずのロランの行動は、「万人に抗する」（『クレランボー』）ほんとうに英雄的な行動となった。ロランの友人で、ロランの伝記作者のシュテファン・ツヴァイクが言っているように、「ヨーロッパの良心」（広くは世界の良心）は、ロランひとりによって担われた。

ロランの言葉は全ヨーロッパに反響を呼んだ。だが、はじめのうちは、主として反響は拒否と非難のそれだった。

ドイツからはドイツ嫌いと言われ、祖国フランスからはフランス嫌いと言われて両方からロランは、戦争に水をさす、たわけ者あつかいされた。そして、一九一五年十月に、パリのオランドルフ社（後のアルバン・ミシェル社）の尽力で、それらの政治論文集が、なかのひとつの題をとり、『戦いを超えて』と題して出版されると、フランスでの非難はいっそうものすごくなった。彼は祖国喪失者《そうしつしゃ》、裏切者という烙印《らくいん》を押されたのである。

他方、賛成者ははじめのうちはフレデリック・ヴァン・エーデン、シュテファン・ツヴァイク、エレン・ケー、エレオノーラ・ドゥーゼ、エミール・ヴェルハーラン、マルセル・マルチネなど、ごく少数だった。しかし、戦争が進むにつれて、だんだんとロランの味方はその数を増《ま》し、フランスより主にドイツやロシアなどで、社会主義者や知識人が反戦に動いて、はじめの頃の不名誉をつぐない、ロシアのマキシム・ゴーリキー、ドイツのカール・リープクネヒトなど、平和のために勇敢にたたかう〈先駆者たち〉があらわれだした。ロランは勇気を百倍して、彼らに希望をかけた。

なお、ロランがまた戦時中、ペンによってだけではなく、実際体をも動かして、自分の使命をぎりぎりいっぱいのところまで果たそうとしたことを忘れてはならない。

一九一四年十月三日、ロランは「国家的というよりももっと人間的な性質ゆえに心を惹《ひ》かれて」（『日記』）ジュネーヴの万国赤十字社の俘虜《ふりょ》事務局に勤務を申し出た。それから約二年近く、彼は各国の俘虜と、その家族との仲だちをする仕事に文字通り身を粉にして働いた。ロランは粗末な板張りの建物のなかで毎日、六時間から八時間、少女や学生や婦人たちに混《ま》じって、むきだしの木の腰掛けにかけ、小さな荒削りのデスクに向い、送られて来た手紙のリストをつくったり、自分で手紙を書いたりしたという。そして、一九一六年にノーベル文学賞を授与されると彼はその金を、全額そっくりそのまま、この俘虜に関する事業に献金した。

またその頃（一九一六年）ロランが、ロシアのルナチャルスキーや、フランスの社会主義者で、ジュネーヴに来て、「明日」誌を創刊し、後に『先駆者たち』にまとめられた論文の発表を引き受けたアンリ・ギルボーらとの交友もあずかって、やはり、精神の独立派、知的選良による精神の革命派としてとどまりながらも、

「戦争が現におこなわれている時、ある人々は、それにあぐらをかいて、その乳房から乳を搾っている。…あらゆる階級、あらゆる民族の、幾千という特権者たち、すなわち大名や、成り上がりや、ドイツ貴族や、冶金《やきん》工業家や、投機家のトラストや、武器商人や、大金融資本家や、大工業資本家などは、…自分たちの強欲《ごうよく》な利益のために、人類のありとあらゆる善本能、悪本能を演じて見せることができるのだ…」（『先駆者たち』）

と述べて、戦争における金、言いかえると、国際資本主義の忌《いま》わしい役割を見てとり、平和の実現と社会革命との、切り離すことのできないつながりを、はっきりと認めたことはひじょうに重要である。

だからやがて（一九一七年三月）ロシアに革命が起こって、ツァーリズムが倒されると、ロランが「自由なロシア、解放者！」（『先駆者たち』）に喜びの挨拶を送ったのは当然だった。

だが、レーニンなど、スイスに亡命していたロシアの革命家たちが、ギルボーを通じて、ロランもいっしょにロシアに行かないかとすすめた時、ロランにはまだその決心がつかなかった。

ロシア革命は祝福したが、ロラン自身にとっては党派、戦いを超えて、知的選良による友愛のヨーロッパ共和国、ひいては世界共和国を実現することが第一の使命だと思えたからだった。

そこで彼は、理想主義的、人道主義的政策を謳《うた》われ、一九一七年はじめに、〈勝利なき平和〉を提唱したアメリカ大統領ウィルソンに、自分の理想の具現《ぐげん》者《しゃ》を見出して、戦争が終わった直後、一九一八年十一月十八日付「ポピュレール」紙に、ウィルソン宛ての公開状を発表した。ロランは、ウィルソンのイニシアチヴで、ヨーロッパに二度と同じような狂気と犯罪とに陥るような誤りを避けさせて欲しいと懇願《こんがん》した。

「ワシントンとアブラハム・リンカーンの後継者よ、」ロランは言っている。「どうか一党派、一国民ではなく、すべての人々の味方をされよ！　人類の会議に諸国の代表を招致《しょうち》されよ！　あなたの高い意識と、アメリカの広大な天職とが保証する権威とによって、その会議を司会されよ！　話されよ、すべての人々に話されよ！　世界は、諸国民と諸階級との境界を吹きとばす声に飢《う》えています。仲裁人になられよ！　未来が和解者の名で、あなたに挨拶できますように！」

しかし、その翌年、一九一九年六月に調印されたヴェルサイユ講和条約は、彼の理想とはおよそ縁遠い結果に終わった。それは、国際資本主義の矛盾には何ひとつ手をふれないで、前途に暗い影を残したまま、一時戦争に休止符を記したにすぎなかった。

ロランの幻滅は大きかった。だが、戦争がはじまった頃と同じように彼は、あくまで棄権しない。

ロランは講和会議の直後、フランス社会党の機関紙、「ユマニテ」の六月二十六日号に「精神の独立宣言」を発表して、「…精神の労働者たちよ、…戦争はわれわれの隊伍に混乱をひき起こした。大多数の知識人は彼らの知識や芸術や理性を用いて、自国の政府に奉仕した。われわれは誰をも糾弾《きゅうだん》することを望まない。われわれは個々人の魂の弱さと、大きな集団的奔流の不可抗の力を知っている。この奔流が個人の魂を一瞬のうちに流し去った。というのは、それに抵抗するための予測が、何ひとつなされていなかったからである。この経験を、少なくともわれわれの将来のために役立たせようではないか。…立ち上がろう。…精神は誰の従者でもない。われわれこそ精神の従者なのである。われわれは他に主《あるじ》をもたない。われわれは精神の光明をかかげ、守り、すべての迷える人々を、そのまわりに糾合するために生まれている。われわれの義務はひとつの固定点を維持し、暗夜での激情の渦巻のさなかにあって、北極星を指し示すことにある。…われわれは国境もなく、制限もなく、人種や階級の偏見もない、自由なただひとつの真理を尊ぶ。むろん、われわれは人類にたいする関心を失わないだろう！　われわれは人類のために、しかし全人類のために働く！　われわれは諸国民というものを知らない。われわれが知っているのは、――ただひとつの、世界の――民衆、――苦しみ、たたかい、倒れてもつねにまた立ち上がり、自分の血にまみれた道を進みつづける民衆――すべてが等しく兄弟である。万人からなる民衆である。そして彼らが、われわれのように、この友愛を意識するためにこそ、われわれは一にして多なる永遠の自由な精神を、彼らのわきまえのないたたかいの上高くかかげるものである」

　と訴えた。

　この宣言にはアンリ・バルビュス、アルフォンス・ド・シャトーブリヤン、ベネデット・クローチェ、ジョルジュ・デュアメル、マキシム・ゴーリキー、セルマ・ラーゲルレーフ、ジュール・ロマン、ラビントラナート・タゴール、ポール・ヴァイヤン＝クチュリエ、シャルル・ヴィルドラックなど、たくさんの知識人がその名を連ねた。

　だが、実際的な効力という点を考えると、やはり政治、現実的な政治の力によらなければならない。ここで、政治と行動の問題がロランの前に、解決を迫る大きな問題として浮かび出た。

こうしてロランは、ソヴィエトとコミュニズムへ近づいていく。

ロランは、一九一九年から三四年にかけての政治論文を集めた『闘争の十五年』（一九三五年刊）のなかで、「一九一九年の初頭にわれわれは、社会革命は必要と思われるという決定に到達していた」と語っている。

けれども、革命後のソヴィエトでは強硬な血の粛正がつづいて、手段の暴力性は、ゴーリキーをさえ一時ペシミズムへ追いこみ、病気のせいもあったが、しばらく彼は祖国を離れて、イタリアのカプリ島に赴《おもむ》いた。だからロランが、目的と手段、暴力と非暴力という問題の前に立たされてとまどい、はげしい苦しみを味わったことはいうまでもない。

バルビュスとの、いわゆる〈クラルテ〉論争が行われたのも、ロランがガンジーの無抵抗主義に共感したのも、この頃、一九二一、二、三年の頃だった。

バルビュスもロランも、社会革命の必要と、歴史の進歩とを信ずる点では同じだった。だが、その方法、プロセスについて両者は意見を異にした。

バルビュスは戦争が終わると、戦争とロシア革命というふたつの大きな事件に強く刺戟《しげき》されて、徹底した社会主義者になっていた。『砲火』につづいて、一九一八年に発表した『クラルテ』を読めば、そのことははっきりとわかるが、バルビュスは一九二〇年にはさらに、雑誌「クラルテ」を創刊して、実際的な知識人の平和と革命の運動をはじめた。

論争は、バルビュスがロラン主義を攻撃したのに端《たん》を発して、一九二一年末から同誌上で数回にわたってたたかわされた。つまるところ、バルビュスがロランに、その非現実的な理想主義、非現実的な批判のための批判を難ずれば、ロランはバルビュスに、その公式主義、目的によって手段を合理化しようという強引な実践主義を難じたのである。ところでこの論争は、それが行われた当時の歴史的な背景を考えあわせてみても、どうもロランの言い分に理があるように思われる。いや、それどころか、ロランの革命についての巾《はば》と深さとのある人間的な対処の仕方には、今日でも革命者が学ばなければならない貴重な示《し》唆《さ》があるのではないだろうか。

一九二三年、ロランはタゴール、ガンジー、ネールなど、東洋の賢者との交友を深め、とくにガンジーの教えはロランの心を強くとらえた。彼には、ガンジーの不服従は消極的な抵抗ではなくて、積極的な抵抗と考えられ、ガンジーという、魂と意思の力とによる革命家にロランは「現実主義の革命家」（『マハトマ・ガンジー』、一九二三年刊）には見られない、新しい人類の導きの星を見たのだった。

だが、一九二四年六月には、イタリアで、自由主義者のマテオッチがファシストに暗殺され、翌二五年には、ムッソリーニのファシスト党が政権をにぎるなど、イタリアを中心にファシズムが擡頭《たいとう》してくると、ロランは、さし迫った行動の必要を痛感した。

遠い更新《こうしん》のために働くだけでは十分でない、ガンジーの教訓が無効だというわけではないが、それと同時に、いや、さしあたっては平和と革命のためのレーニン的実力行動が必要である、ロランはこのように考えた。

一九二六年の末から、ロランはふたたび、バルビュスと手をにぎり、一九二七年には彼といっしょに、最初の反ファシズム大会をパリで司会した。

そして、それを手はじめにロランは「戦術的に、非暴力は現在ではきわめて弱い」（『革命によって平和を』、一九三五年刊）と悟り、ソヴィエトの〈道づれ〉となって、革命による平和を願うようになった。

こうして、ヒトラーがドイツで政権についた前年、一九三二年にはロランはストライキも暴動も、また暴力も、たたかいにはあらゆる武器が必要だと公言し、反戦、反ファシズム運動の先頭にたった。

一九三三年、ヒトラーが政権を掌握《しょうあく》した年、今や彼にとってははっきりと、『魅せられた魂』の第六巻、「予告する者」㈡の言葉のように、「やれ賛成、やれ反対！　暴力だろうと、非暴力だろうと、アカデミックな論議はもはや季節遅れだった。問題は暴力と非暴力とのあらゆる力をうって一丸として、反動のあらゆる力のブロックに対決することだった」

ところが、ここで奇妙な出来事が起こった。ヒトラー政府がロランに、一九三三年四月十九日、ジュネーヴ駐在のドイツ領事を通じて、芸術および学問のゲーテ賞を送ろうと申し出たのである。ヒトラー政府は、ロランがフランス政府から白眼視《はくがんし》され、ゲーテやベートーヴェンの精神の友であるところから、彼をドイツびいきとでも思ったのか、あるいはドイツの味方にうまくひき入れようとでも思ったのだろう。いずれにせよ、とんだお門《かど》ちがいだった。ロランは、

「今日ドイツで行われていること、すなわち自由の抑圧、政府に反対する諸政党の迫害、ユダヤ人の野獣的、凌辱的《りょうじょくてき》追放は全世界の反感を、そしてまたわたしの反感をあおりたてている。このような政策は人類にたいする犯罪である。このような政策を理想と綱領にする政府から名誉をうけることは、わたしにはできない」

と言って申し出をきっぱりとことわった。

そして、同年六月、〈国際反ファシスト委員会〉が結成され、ロランがその名誉総裁になった後、一九三三年十月になると、ヒトラー政府は、不届き者、ロランの、折から刷り上がった『自由な精神』（『戦いを超えて』と『先駆者た

ち』とをあわせて一巻にしたもの）に焼却の命令を発した。

一九三五年、仏ソ相互援助条約が結ばれた年の夏、ロランははじめてソヴィエトを訪れた。しかし、約一か月、主としてゴーリキーの家にとどまって、彼はあまりあちらこちらを見て廻らなかったらしい。けれどもロランはスターリンには会っており、その点、あちらこちらを見て廻ったが、あいにくスターリンには会えなかったアンドレ・ジッドの場合とは対照的だった。そういったちがいもあってか、ジッドがソヴィエト旅行以来ソヴィエトに批判的になったのにたいしてロランは、旅行後、建設にいそしむソヴィエトが人類の未来の堡塁《ほるい》であるという確信をいよいよ強めたように見受けられる。

このような、ロランをはじめ知識人、労働者の抵抗の結果、一九三六年には、人民戦線が勝利をおさめ、その年の夏、ロランは久しぶりにパリの土をふみ、自作の革命戯曲、『七月十四日』の上演にたちあった。

なお、『七月十四日』の上演に先立って、やはりロランの革命戯曲のひとつ、『ダントン』が、革命記念日の前日に野外劇場で上演され、その後をうけて、

『七月十四日』は、同日から八月二日まで二十日間、〈アルハンブラ劇場〉で上演された。

ロランが八月一日の晩、観客席に姿を見せるや、観衆は、〈インターナショナル〉と〈マルセイエーズ〉の合唱で彼を迎えたという。第三共和国がふたたびフランス革命のよき伝統をうけつぐ〈祖国《パトリー》〉に帰ったのを見て、ロランの感激はひとしおだったにちがいない。

しかし、人民戦線の喜びも束の間で、同年七月にはスペインでフランコの反革命がおこり、ドイツのナチズム、イタリアのファシズムがいよいよ猛威をふるって、フランスの人民戦線は早くも同年の末から崩れはじめ、やがて前の大戦より以上に大規模な第二のカタストローフ、第二次大戦がやって来た。

ロランは病身の上、すでに年齢も七十歳を越え、最後にその体を故国に埋めようと一九三八年、長い間住み慣れたスイスを引きはらって、フランスの故郷、クラムシーに近いヴェズレーに移り住んだ。

彼はもう行動の年齢ではなかったし、ベートーヴェン研究のつづきの完成や、ペギーについての著作や、自伝など、最後に残した仕事をもっていた。

しかし、時代にたいする旺盛な意識と、時代のなかでもっとも立派に生きようというかまえには、少しの崩れも見られなかった。

大戦のはじまる直前、一九三九年八月の独ソ不可侵条約によって、多くの左派知識人たちと同じようにロランもかなりの動揺を覚えたようだったが、彼の、人間的で同時に政治的な態度には狂いがなく、ナチス・ドイツの狂奔にたいしてロランは、今度は、〈戦いを超えて〉ではなく、断乎《だんこ》としてフランスに味方してヒトラー・ドイツをうち倒さなければならないと考えた。

ドイツ軍がフランスになだれこむ直前、つのる不安にフランスが脅えていた一九四〇年三月、ロランは病床から、若い労働者でコミュニストの友だち、エリー・ワラックに宛ててこう書き送っている。

「…わたしはよりよき時代のために書いています。今日の人たちにとっては、言葉は大したものではありません。ただ勇敢に忍耐強く、そして相携《たずさ》えてヒトラー主義と、それがうち倒されるまでたたかえばいいのです。何故なら、もしそうしなければ、わたしたちが愛し、尊敬しているすべてのもの――わたしたちのフランス、わたしたちの自由、そしてわたしたちの大きな希望――が失われるでしょうから。どうあってもヒトラー主義はうち倒さなければなりません…」

ワラックはロランの教え通り、フランスがナチス・ドイツの占領下におかれると、ためらわずにレジスタンスに身を投じ、ロランはフランス（ヴィシー政権）の憲兵の監視のなかで、病いとたたかいながら、最期の仕事に打ち込んでいた。そういった状況の一九四二年二月、ロランはワラックに宛てて、

「…ひたすら忍耐強く、未来を信ずればいいのです。…わたしは、数十年を――数世紀さえも――先んじて生きることに慣れています。わたしは胸をいためる必要はありません。人類は遅々とではありますが、やはり前進しているからです…」

と書いている。

一九四三年末からロランはほとんど視力を失い、フランスが解放され、ドイ

ツの敗北が決定的となった翌一九四四年の十二月三十一日、新しい時代のはじまりを前にロランは、こうして七十八年の、たゆまぬたたかいの生涯を終えた。ロランこそは、時代の良心、先駆者の名がほんとうにふさわしい、現代が生んだ数少ない偉大な知識人の典型のひとりだろう。

二 『ピエールとリュース』について

以上、主として、作家としてよりも、副題のように、知識人としてのロランに焦点をあてて、その生き方の輪郭を述べたが、たしかにロランは、作家としても偉大だったが、何よりもまず知識人として偉大だった。彼の作家としての偉大さも、知識人としてのそれと切り離しては考えられないし、そこに、すべてを含めて彼の全存在のユニークさがあったと言えよう。だが、なかでもロランの姿をきわだたせたのは、先の解説でもおわかりのことと思うが、第一次大戦に際しての彼の態度だった。人類と、その文化にたいする愛ゆえに〈万人に抗して〉戦争に反対した、あの徹底的なユマニストぶりだった。そして、その間の事情は『戦いを超えて』や、〈戦時中のひとつの自由な良心の物語〉と副題された小説的告白、『クレランボー』（一九一六―二〇年）などに、くわしく証《あか》されているが、この小説、『ピエールとリュース』（一九二〇年刊）がまた、そのひとつに加えられる。

しかも、ここでは、恋愛小説のかたちで、時代に引き裂かれる人間の姿が、ひとしお悲劇的に、ぼくたちの前に提示されている。

ピエールとリュースの、美しくもまた悲しい恋のロマネスクは醜く、恐ろしい戦争という、のっぴきならない現実とあざやかなコントラストをなして、いやが上にも、ぼくたちに戦争への憎しみと、人間への愛を鼓吹してやまぬ。この小説は、反戦小説、あるいは恋愛小説のたしかに傑作であると思う。少なくともぼくは、この小説がひじょうに好きだ。

戦後、一九五〇年、今井正氏の映画『また逢う日まで』が公開されて、多大の感動を呼んだが、このシナリオは、この小説によっている。汎神的《はんしんてき》というか音楽的というか、ロラン独自のハーモニックな世界の雰囲気は原作でなければ味わえないが、日本のぼくたちの昨日の、そしてまた今後来ないとは保証できない世界の明日の悲劇を訴えた原作の真意は、今井正氏のリアルで同時にリリックな演出と、岡田英次、久我美子のすがすがしい演技とによって見事に伝えられていた。

なお、この翻訳は一九五〇年版（第六十七版）のテキストに拠《よ》っており、訳書中の版画はガブリエル・ブロの作で、原書に挿入されているものを複写した。(Romain Rolland : Pierre et Luce. Bois dessinés et gravés par Gabriel Belot ; Éditions Albin Michel, 1950)

最後に、翻訳にあたって既刊の宮本正清氏の訳を参照させていただいたことを付記するとともに、本書の翻訳をすすめてくださった大久保和郎氏、いろいろ面倒を見ていただいた出版社の須藤隆氏に謝意を申し述べておきたい。

一九五八年三月

訳　者

あとがき――新版のために

先の解説のお終いに、私は「…日本のぼくたちの昨日の、そしてまた今後来ないとは保証できない世界の明日の悲劇を訴えた原作の真意」云々と書いた。

しかし人類は現に、第二次世界大戦を経た今日もなお、掲げる大義や、用いる手段を変えながら、いたるところで戦争をし、ここで物語られているような悲劇を生みだして懲りることを知らない。

こうした世界状況のなかで、幸いにも戦後七十年日本は旧来の足取りと絶縁して、珍しく《殺しも殺されもしない》ロラン風の理想的な平和国家に生まれ変わり、その範を世界に垂れて現在に至っている。そして、これは誕生の事情や経緯がどうであれ、ひとえに我々が手にした、九条を柱に個人の自由と、国民の主権をはじめて高らかに謳った平和憲法のおかげであることは確かだろう。

ところが、その九条を恣意的に解釈改憲して安倍政権は、日本を再び平和から戦争可能な国に転換するという暴挙を数の力で、国民の多くの反対にもかかわらず審議を尽くしもせずに、ついにこの九月十九日、断行した。これは、ともかく一応独立した民主国家を今度は、《戦前仕様のアメリカ隷属型》とでも言える国家に変えようとする為政者たちの浅はかな企みとしか言いようがない。

　だが、安保法制は国会を通りはしても諦めるのは早すぎよう。いやむしろ、このネガティヴな動きは、真に日本を独立した平和国家として国際協調路線の道を率先して歩ませるよう、国民のひとりひとりが多様な反体制の力を結集させるチャンスを与えてくれたとも言えようし、このチャンスを生かすことしか、人類の一員として日本の栄えある未来はないだろう。この道こそが《積極的平和主義》のそれであり、その兆しが、新しいうねりとしてあれこれと見えて来たのを喜びたい。

　こうした現況ゆえに、いっそうこの遠い時と場所の恋のロマネスクは、あらためてまた今日その普遍的な意味と味わいを我々、ことに若い人々に強く訴えかけるに違いない。是非そうであって欲しいと思う。切迫した状況のなかで、戦争に駆り出される真摯なブルジョア青年と、貧しいが純真な若い女の束の間の恋が惨めに圧殺されるこの悲しい物語が、ソフトだが厳しい筆致で描かれて、巧まざる反戦平和のユニークで逆説的な生命《いのち》の頌歌《ほぎうた》となっているからだ。

このたびこの旧版の復刻・文庫刊行を申し出られた《鉄筆》社主の渡辺浩章氏に謝するとともに、私たちの思いがかなえられることを切に願ってやまない。なお新版では、少しでも多くの人、とりわけ若い人たちに読んでもらいたいとの社主の意向を汲《く》んで、あえて送り仮名や説明などに手を加え、とくにルビを多用したことと、もうひとつ各章のはじめのページ右上に掲載した、同じくブロによるイラストのアルファベットは、原文の最初のそれ、たとえば《ピエール》なら大文字の《P》を表していることを参考までにお断りしておく。

二〇一五年十月十五日

渡辺淳

付録　『ピエールとリュース』復刻に際して

この物語をとくに読んでもらいたいのは、多感な青春の只中に生きる中学生、高校生のみなさんです。そして、彼らを見守る大人にも――もちろん多くの出版人にも――一読、再読してもらえることを強く希望します。
『ピエールとリュース』角川文庫版は昭和33（1958）年4月、第二次世界大戦終戦から13年後の春に初版が刊行されました。私は中学生の時に読んで、不眠に陥るほどのショックを受けると同時に、解説と文庫巻末にある角川源義氏の言葉に感銘をうけたことを覚えています。今も角川文庫で読むことはできますが、『ピエールとリュース』の物語と併せてお読みいただきたいと思い、以下、あえてこちらも収録しました。

渡辺浩章

角川文庫発刊に際して

角　川　源　義

第二次世界大戦の敗北は、軍事力の敗北であった以上に、私たちの若い文化力の敗退であった。私たちの文化が戦争に対して如何に無力であり、単なるあだ花に過ぎなかったかを、私たちは身を以て体験し痛感した。西洋近代化の摂取にとって、明治以後八十年の歳月は決して短かすぎたとは言えない。にもかかわらず、近代文化の伝統を確立し、自由な批判と柔軟な良識に富む文化層として自らを形成することに私たちは失敗して来た。そしてこれは、各層への文化の普及滲透を任務とする出版人の責任でもあった。

一九四五年以来、私たちは再び振出しに戻り、第一歩から踏み出すことを余儀なくされた。これは大きな不幸ではあるが、反面、これまでの混沌・未熟・歪曲の中にあった我が国の文化に秩序と確たる基礎を齎らすためには絶好の機会でもある。角川書店は、このような祖国の文化的危機にあたり、微力をも顧みず再建の礎石たるべき抱負と決意とをもって出発したが、ここに創立以来の念願を果すべく角川文庫を発刊する。これまで刊行されたあらゆる全集叢書文庫類の長所と短所とを検討し、古今東西の不朽の典籍を、良心的編集のもとに、廉価に、そして書架にふさわしい美本として、多くのひとびとに提供しようとする。しかし私たちは徒らに百科全書的な知識のジレッタントを作ることを目的とせず、あくまで祖国の文化に秩序と再建への道を示し、この文庫を角川書店の栄ある事業として、今後永久に継続発展せしめ、学芸と教養との殿堂として大成せんことを期したい。多くの読書子の愛情ある忠言と支持とによって、この希望と抱負とを完遂せしめられんことを願う。

一九四九年五月三日

（原文ママ）

『ピエールとリュース』

1920年初版刊行。
1958年4月、角川文庫より渡辺淳翻訳版刊行。

ピエールとリュース

ロマン・ロラン
渡辺 淳 訳

鉄筆文庫 005

ピエールとリュース

著者　ロマン・ロラン

訳者　渡辺《わたなべ》 淳《じゅん》

2015年12月24日　初版第1刷発行

発行者　渡辺浩章
発行所　株式会社 鉄筆
〒112-0013　東京都文京区音羽 1-17-11
電話　03-6912-0864
表紙画　井上よう子「希望の光」
印刷・製本　近代美術株式会社

落丁・乱丁本は、株式会社鉄筆にご送付ください。
送料は小社負担でお取り替えいたします。
定価はカバーに明記してあります。

ISBN 978-4-907580-06-3　Printed in Japan

鉄筆文庫創刊の辞

喉元過ぎれば熱さを忘れる……この国では、戦禍も災害も、そして多くの災厄も、時と共にその「熱さ」は忘れ去られてしまうかの様相です。しかし、第二次世界大戦での敗北がもたらした教訓や、先の東日本大震災と福島第一原発事故という現実が今なお放ちつづける「熱さ」を、おいそれと忘れるわけにはいきません。

先人たちが文庫創刊に際して記した言葉を読むと、戦前戦後の出版文化の有り様への反省が述べられていることに共感します。大切な「何か」を忘れないために、出版人としてなすべきことは何かと真剣に考え、導き出した決意がそこに表明されているからです。

「第二次世界大戦の敗北は、軍事力の敗北であった以上に、私たちの若い文化力の敗退であった。私たちの文化が戦争に対して如何に無力であり、単なるあだ花に過ぎなかったかを、私たちは身を以て体験し痛感した。」（角川文庫発刊に際して　角川源義）

これは一例ですが、先人たちのこうした現状認識を、いまこそ改めてわれわれは嚙みしめねばならないのではないでしょうか。

現存する文庫レーベルのなかで最年長は「新潮文庫」で、創刊は一九一四年。それから一世紀が過ぎた現在では、80を超える出版社から200近い文庫レーベルが刊行されています。そんな状況下での「鉄筆文庫」の創刊は、小さな帆船で大海に漕ぎ出すようなもの。ですが、「鉄筆文庫」は、先人にも負けない気概をもってこの大事業に挑みます。

鉄筆の社是は、「魂に背く出版はしない」です。私にとって第二の故郷でもある福島の地で起きた原発事故という大災厄が、私を先人たちの魂に近づけたのは間違いありません。この社是は、たとえ肉体や心が消滅しても、残る魂に背くような出版は決してしないぞという覚悟から掲げました。ですから、「鉄筆文庫」の活動は、今100万部売れる本作りではなく、100年後も読まれる本の出版を目指します。前途洋洋とは言いがたい航海のスタートではありますが、読者の皆さんには、どうか末永くお付き合いくださいますよう、お願い申し上げます。

二〇一四年七月　　渡辺浩章